新潮文庫

薄妃の恋

僕僕先生

仁木英之著

新潮社版

9022

薄妃の恋　目次

挿画　三木謙次

薄妃の恋

僕僕先生

羊《よう》羹《かん》比《ひ》賽《さい》

王弁、料理勝負に出る

一

桃花《とうか》が街道に沿って咲いている。

はらはらと花びらが舞い落ちる中を、一人の少女が雲に乗ってゆるりと進む。ときに花びらを手のひらにもてあそび、ときに花びらと同じ色をしたくちびるに挟んで、暖かく柔らかな春の江北《こうほく》を全身にまとう。一人の青年が、今にも倒れそうな痩《や》せ馬の手綱を曳《ひ》きながら、その後につき従っていた。

「先生、これからどこに行くんですか？」

青年はまぶしそうに少女を見上げ、そう訊《たず》ねた。

「さあね」

こういう会話が何日かおきに続いている。

五年ぶりに姿を見せた師をまぶしげに見上げながら、青年王弁《おうべん》は今の気分をどう表現していいか、ちょっとわからない。本当に嬉《うれ》しい時に普通にしているのも不自然な気もする。それでも、雲の上の少女がごきげんそうなのでよしとすることにした。

開元《かいげん》三(七一五)年の春。淮南《わいなん》道光州《こうしゅう》の郊外にある田舎町、楽安《らくあん》県でぐうたらした生活を送っていた王弁の前に現れた少女は、彼をとんでもない世界に引っ張り込んだ。

仕事もせず、学びもせず、たまにすることといったら光州城の西域酒場に行って遠い世界を妄想《もうそう》するばかり。そんな彼が、養い主である父親の命令でいやいや登った里山の中腹に建つ庵《いおり》の屋根に、彼女は座っていた。

僕僕と名乗る少女は雲を御し、術を自在に使う仙人であった。成り行きで弟子となった王弁は、頭を持って振り回されるようなめまぐるしい日々を送ることになった。

小船を操り何百里を一刻もかけずに渡ってしまう河伯《かはく》。都で見た壮麗な皇帝の居城。犬の頭をした商人。そこで道連れになった痩せ馬、吉良《きら》。実は天と天の境目を飛び越えるほどの天馬である吉良の背中にまたがり、世界を生んだ神に出会った。そして世界の闇《やみ》を生んだ神に飲み込まれた。光州楽安県しか知らない王弁に世界の広さを見せつけて、彼女は去っていった。

そして五年後の春、彼女は帰ってきた。

過ぎてみれば下界の五年間などあっという間だった。王弁は僕僕に教わった薬丹《やくたん》の処方を使って、未熟ながらひたすら薬師《くすし》として励んでいた。ときに小さくもない冒険に駆り出されることもあったが、王弁もそのあたりのことはまだ師に報告していない。とにかく、いまこうして自分の右斜め上に彼女が浮かんでいる風景を、王弁はずっと待ち続けていたのだ。

腰まである長い髪を江北の柔らかな春風になびかせ、切れ長の瞳《ひとみ》は前方に向けられている。つやめく髪が風にあおられるたびに、杏花《きょうか》の香りが王弁の鼻腔《びこう》を撫《な》でていく。

「先生……」

幸せな気持ちと共に、思わず声をかけてしまう。

「キミもくどいな。どこに行くかなんて、向いている方向に進むだけだろう?」

五色の彩雲《さいうん》の上であぐらをかいた少女は、いまは貧相な姿をしている天馬の手綱をひく王弁を見て、それでも少し笑って見せた。

僕僕は五年の歳月を経ても、なにも変わらない。しかし彼から見たこの少女仙人にこの五年間で変化があったとすれば、以前よりほんの少しだけ、表情が柔らかくなったことだろうか。

王弁はこの五年間、師がどのような時間を過ごしてきたかを知らない。いつか訊《き》きたいと思ってはいるが、いまは並んで道を行けることだけで十分幸せだった。

「向かっている方向なら南ですけど、南には何があるんですか」

「南には空があって山があって、陸が尽きれば海がある」

「北には？」

「南に同じ。どっちに向かったって、何かあるよ。この世界は二人で周《まわ》るには十分広い。こうやって地面に足をつけてゆっくり歩いている限りはね」

（自分は浮いてるくせにね）

ちらっと頭に浮かべる。

「ボクは師だからな。弟子が歩くのは当然だが、師弟ともにもたもた歩くのも風情《ふぜい》がない」

遠慮なく心の中をたやすくさらっていく。心を初めて読まれたときは本当に狼狽《ろうばい》したものだ。それすら彼には懐《なつ》かしく、嬉しい。

薄い胸を張って僕僕は楽しげ。その楽しさの源が自分といることだったらいいと、弟子は願ってやまない。

その一方で、光州から姿を消したことを王弁はほんの少し気に病んでいる。自分の治療を望んでいた人もいるだろうに、誰も診る人がいなければ落胆するだろう。

「気にしなくていい。キミの施術はそんなに大したことないんだから」

「やな言い方しますね」

弟子は頬を膨らませる。

「ボクは本当のことしか言わない。真実はいつも耳に痛いものだ」

「でもそれなりに頑張っていたんですよ？」

仙道に通じた者として皇帝に通真《つうしん》先生という名を与えられ、立派な道観《どうかん》も建ててもらった。いろいろあったが、師がいつでも帰って来ることができるよう道観を五年間守り抜いたのだ。少しは誉《ほ》めてもらいたい、とも彼は思う。

「キミ程度の薬師なら、他にもごろごろいる。黄土山《おうどさん》はボクの知り合いに頼んでおいたから、心配は要らないよ」

きっと罪悪感を和らげようとしてくれているんだ、と好意的に捉《とら》えようとする。それでもみもふたもない言われようである。

「いると思われれば落胆するし、最初からいないものだと思われればがっかりもしない。人間なんてそんなものだ。今のキミに必要なことは……」

僕僕はそこで言葉を切って、指で膝《ひざ》をとんとんと叩《たた》いた。

「ボクについてくることだ」

手綱を空に放り投げて、快哉《かいさい》を叫びたくなる。

家のことも道観のことも、とりあえず忘れてしまおう。先生がついてこいと言っているんだから、ついていけばいいんだ。彼はそう気楽に考えることにした。

光州を出た二人は、あちらで釣りをし、こちらで花を愛《め》で、その都度酒を楽しみつつ、南西へと向かっていた。淮水《わいすい》の流れから離れ、隋州《ずいしゅう》、鄂州《がくしゅう》と南下し、長江《ちょうこう》流域へと達していた。

街道を外れて、河原まで降りてくると、僕僕はしばらく水面を眺めていた。洞庭湖《どうていこ》で一度休み、再び流れ出した長江は華中《かちゅう》平原をじりじりと流れ、その幅は向こう岸が霞《かす》んで見えるほどに広い。

吉良のひづめの音がぽくぽく、僕僕の雲がふわふわ、江沿《かわ》いの道を進む。なだらかな眺めの中を行く僕僕は大きなあくびを一つした。雲の上に腹ばいになって王弁を見下ろし、唐突に、

「船に乗ろう」

と言った。

「は？」

満々と水を湛《たた》えた東西に果てのない巨大な湖のような江の流れの上には、落ち葉を浮かべたように船が浮かんでいる。しかし呼び寄せるにはあまりに遠い。

「江があるから船に乗る。何もおかしいことはないだろ？」

「はあ……」

王弁はあたりを見渡すが、岸に近いところに船の影はない。僕僕は背中から釣り竿《ざお》を引き抜くと、王弁に江の中から泥を一摑《つか》み持ってくるように命じた。

「どうするんです？」

「船を釣るんだよ」

王弁から泥の団子を受け取ってにかにかと笑うと、それを釣り竿の先に括《くく》りつけて、江の中へと抛《ほう》り込んだ。

（船を釣るって、また妙なことを）

と王弁が糸の沈んだ辺りを見つめていると、果たして水面が泡立ってきた。

白煙が上りたち、渦を巻いて周囲の水を巻き込むと、大きな影が煙の中に現れた。もわりと顔を出した生き物の姿を見て、不思議な現象には慣れたはずの王弁もさすがに驚く。

なまずのような顔に四つの眼。背中には鼈《すっぽん》のように筋目のない甲羅と不恰好《ぶかっこう》な六本の短い足がついている。その体の大きさときたら二丈四方はありそうで、このように大きな亀《かめ》は王弁も見たことはなかった。

あきらかに妖異の類《たぐい》である。

「なにを驚いている。せっかくボクたちを乗せてくれる船がやってきてくれたというのに」

僕僕は浮かび上がってきた亀の化け物の鼻面《はなづら》を撫でた。

「久しぶりだな珠鼈《しゅべつ》。元気そうでなによりだ」

「センセこそ。ご無沙汰《ぶさた》しておりまして。蓬萊《ほうらい》にお帰りになったと聞いていましたけれど」

「あんなむなくその悪いところにいられるか」

と僕僕は眉《まゆ》をしかめて思い切ったことを言った。

「相変わらずですわね」

四つの目玉をぎょろりと回して、その巨大な亀は目を瞠《みは》る。

姿よりも王弁を驚かせたのは、この亀だかなまずだかわからない物《もの》の怪《け》が、婀娜《あだ》っぽい女性の声で話したことであった。

「あら、センセもなかなかやるわねえ。若いツバメを捕まえるなんてさ」

珠鼈、と呼ばれたその大亀は王弁を見てひょひょ、と笑った。

「燕《つばめ》の作る巣は珍味だからな。つい手元に置いておきたくなるのさ」

まじめな顔で言い返す僕僕を見て哄笑《こうしょう》した珠鼈は、

「あたしも結構美味なのよ。食べてみない？」

四つの目をぐりぐり回して王弁に迫った。

「冗談はさておき珠髏、ここらで何ぞ楽しいことはないか。暢気《のんき》な旅も悪くないが、ぼちぼち退屈してきた」

その尻尾《しっぽ》をつかまえて、僕僕は訊ねる。

「楽しいこと、ねえ……」

ぐりぐりおめめを何周かさせ、珠髏はぱかりと大きな口を開いた。王弁は、この生き物が何か思いついたのかと注目する。

「……」

なかなか言葉が出てこない。四つの瞳はじいっと宙を見つめたままだ。しばらくして僕僕は、彩雲を珠髏の顔の前まで持ってくると、長いひげを両端から引っ張った。

「いたっ！　乙女の顔に手をかけるのやめて下さる？」

「乙女なら会話の途中に寝るな」

僕僕は上を向いた亀の鼻を指ではじく。おひょ、と照れ笑いを浮かべたすっぽんなまずは、短い足で頭をかく素振《そぶ》りを見せた。

「このまま江を遡《さかのぼ》ると、荊州江陵府《けいしゅうこうりょうふ》という大きな町があるの、知ってるかしら」

「もちろんだ」

「そこで近々大きな祭りがあるわよ。春の祭り」

最後まで聞かずに、僕僕は珠龞のつるつるした背中に飛び乗った。

「江陵へやっておくれ」

「よろしゅござんす」

「弁、早く乗れ」

僕僕は岸の方を向いて命じた。

岸から珠龞の甲羅までは一丈ほどある。一丈ほどなら、助走をつけて跳べば余裕の距離ではあるが、間に深さも知れない長江が挟まっているかと思うと、ちょっと王弁は腰が引ける。

「何をしている。あとはキミだけだぞ」

いつの間に移動したのか、吉良は甲羅の上でしょんぼりと頭を垂れている。自分に気合を入れ、彼は岸を蹴《け》った。

湿った土は柔らかく、靴は泥にめり込んで、跳躍しようとする力の過半を吸収する。派手な水音を立てて江に浮かんでいる彼を見て、僕僕はくちびるをへの字に曲げた。

「キミの五年間はなんだったんだ」

あきれたように上から叱声《しっせい》が飛んでくる。

「そんなこと言ったって幅跳びの練習はしてなかったんですよ。あいにく」

五年の間にいろいろあったが、相変わらず空も飛べない普通の人間なのである。

「ほら」

僕僕は背中から釣り竿を引き抜くと、王弁の方にさし向けた。彼が両手でその先をつかむと、彼女はさして力を入れた様子も見せずに竿を引き上げる。

「さあ、やってくれ」

甲羅の端で衣《ころも》を絞っている王弁を尻目《しりめ》に、僕僕は颯爽《さっそう》と竿を頭上で振り回す。それを合図にしたように、珠龍はすばらしい速度で水面を滑り始めた。

二

江陵府は湖北の中心都市である。恵まれた水運と、大陸を南北につなぐ街道の中間地点として古くから栄えた。三国時代においても、激しい争奪戦が繰り広げられた要衝の地である。

「さすがに人が多いわねえ」

洞庭湖を東から西へと横断し、長江の中流域まで二人を乗せてきた珠髏は、恰幅《かっぷく》のよい初老の男の姿となって二人についてきている。見た目こそいかつい男だが、どういうわけかしゃべり言葉は婀娜っぽい女性の声のままだ。人の姿になっても、上下からぎゅうと押されたようななまずの顔は変わらない。さすがに四つのうち二つの目玉はしまってある。

王弁はこの妖異が人に化けてついてきているのが、ちょっといやだった。

「そんな顔しないでおくれ。あたしゃあんたの恋路に茶々を入れる気はないからさっ」

王弁は内心を読まれたようでどきりとする。相手が仙人だとわかればそのように心構えも出来るが、江の怪異にもそんな技があるとなると、おちおち考え事も出来ない。

「珠髏じゃなくてもキミの心中なんて簡単に読める。何せ顔に出ているからな」

僕僕がにやにやしながら王弁のわき腹をつついた。

「な、なにも考えちゃいませんけど」

「うそだ。キミはじゃまされたくないんだよね？　せっかくボクと二人きりで……」

「あーあー！　いちいち言わなくていいですから。旅は道連れ世は情け！」

慌《あわ》てて王弁は遮《さえぎ》った。別に心を読まれてしまうのはもうどうしようもないが、言葉に出されるのはいまだに恥ずかしい。おそらくずっと恥ずかしいと王弁は辟易《へきえき》する。

「これはこれは当てられるわさ。いいもんだわねえ」

珠髄は白く短い首をそらしておひょひょと笑う。

三人が宿をとったのは、荊州城の門からほど近いところにある昌楽居という旅館である。春の祭りが近いということで、部屋は全《すべ》て各地から集まった商人や見物客で埋まっている。

窓から見える通りの色は、湖北の土の色を反映して光州よりも少し黒っぽい。人の話し声も淮南とは少し違って、とがって早口に聞こえる。僕僕は窓際《まどぎわ》に陣取ってさっそく杯に口をつけ、珠髄は懐《ふところ》から団子のようなものを取り出してはもぐもぐと頬張っている。

「あんたも食べる？　夕食時まではもう少し間があるわよ」

物欲しそうにしていたと見えて、珠髄は王弁に一つ手渡した。

礼を言って受け取った彼は団子を口に入れた途端、体の奥から何かがせり上がってくるような感覚を覚えて、ぶはっと吐き出してしまっていた。もちのように伸びたその団子は、泥と魚の身を混ぜたような生臭い臭《にお》いを口の中いっぱいに広げたのである。

「なんてもったいないことをするんだろうねえ、この子は」

左右に幅の広いくちびるをぱかんと広げると、彼女は大きく空気を吸う。すると王弁の口から吐き出された団子の破片は一つ残らず珠髓の口中に吸い込まれていった。

「せっかくのご馳走《ちそう》になんてことすんのよ」

と頰袋を膨らませる。

「す、すみません」

もらったことはありがたいし、吐き出してしまったのは申し訳ないと思うが、人間が口にするものの味では到底なかった。

「この団子、何で出来てるんです？」

「川蟹《かわがに》の身に鯉《こい》の肝をすりつぶしたものと江底十丈に眠る千年金泥《きんでい》を混ぜてあるわ。これがあるとコクが出るのよね。この配合具合が難しいのよ」

王弁は思わず顔をしかめそうになる。口に入れたのは泥団子だった。

「それはうまそうだ。ボクにも一つくれ」

しかし僕僕はすいっと横から手を出して一つねだる。自慢の逸品を吐き出されて若干不機嫌だった珠髓も、僕僕が実においしそうに団子を頰張るのを見て、機嫌を直したようであった。

（そんなもん食えるわけないじゃないか……。先生、よく食えるな）

師の気遣いに感謝しながら、王弁はぺっぺと唾《つば》を吐き出したいのを我慢していた。

結局夕食時になっても、生臭いような泥臭いような臭いが口の中から消えず、王弁は僕僕に付き合って酒ばかり飲んでいた。飲んでも飲んでも違和感はなくならないが、飲まないことには臭いもまぎれない。

僕僕が懐から取り出した酒壺《さかつぼ》は、王弁が父の王滔《おうとう》から託されて黄土山に持っていったものである。僕僕の術によって酒が尽きることはないから、いつまでも飲んでいることになる。空《す》きっ腹に大量の酒精を取り込んだ王弁はさすがに酔いが回って、部屋に戻るなり大の字になって寝てしまっていた。

(何だか苦しい……)

何刻かわからない真夜中のこと。王弁はふと重みを感じて目を覚ました。

「おしっこ……」

尿意を感じて立ち上がろうとしたとき、彼は体の、特に腕にかかる重さが酒のせいでないことに気づいた。

(うっわ……)

腕に頭を乗せているのは師匠である。

（こんなとこで来た）

光州を共に後にしてから既に日数こそ経《た》っているが相変わらずの無防備な隙《すき》のなさで、接触はほとんどない。僕僕ときたらいつものように飄々《ひょうひょう》として、王弁に近づいてくる気配もまるでなかった。

ころん、と寝返りを打って少女仙人の顔が王弁の方を向く。起きているときは小生意気に見える整った顔が、眠るとあどけない。

（先生、俺は五年間頑張ってよかった……）

と幸せに浸りつつも、尿意は待ってくれない。ここで立ち上がれば間違いなく僕僕を起こしてしまうだろうし、一度起こしてしまえばまた同じように腕を枕《まくら》にしてくれるかどうか、わかったものではなかった。

（くそう、飲みすぎたな……）

もっとも下腹部がぱんぱんに張っているのは、尿意のためだけではない。

「弁……」

可憐《かれん》なくちびるが動いて、僕僕が寝言を発した。あまりの可愛《かわい》らしさにごろごろと転げ回りたい衝動に襲われる。しかしここで転がってしまうのはあまりにもったいない。

（ずっとこのままでいたいけど……だめだ、腹痛くなってきた）

限界まで尿意をがまんしたいが、体には良くなさそうだ。そんな王弁の状態を知ってか知らずか、僕僕は少しまた体をもぞもぞさせて、彼に近づいてくる。

（ああっ、温泉のときよりも近いですよ先生！）

驪山《りざん》のふもとにあった皇帝専用の温泉施設で、事故のように二人の距離が急接近したことがあった。その時に匹敵するかそれ以上に近い。暗闇《くらやみ》の中でも、艶《つや》めいたくちびるは破壊力抜群である。

劣情と尿意が肉体と精神の中でせめぎあい、生理的本能を動物的本能が上回ろうとしていたその瞬間、

「……あまり溜《た》め込むと体に悪いぞ」

と耳元でささやかれた。

暗い中でもはっきりとわかる涼やかな声である。僕僕はいたずらっぽい笑みを浮かべて王弁を見ていた。

（ですよね……）

体の力が一気に抜けて、緩んではいけないところまで緩みかけた。

これだけ心の中が激しく波立って、しかも肉体的にも限界であるのに、僕僕が感じ

取れないはずがないのである。

「先生、もしかして……」

王弁は心の中に湧《わ》き上がった疑問をためらいがちに訊《き》いた。

「わざと？」

しかし少女仙人は、既に王弁とは反対方向に顔を向けて、安らかな寝息を立て始めていた。

（この狸《たぬき》仙人。わざとだ。絶対わざとだ）

厠《かわや》で用を足し、冴《さ》えてしまった頭で自分を戒《いまし》める。仙人と付き合うときには油断禁物だとあれだけ経験していやというほどわかっていたというのに、またも手のひらの上で転がされてしまった。

（悶々《もんもん》としたり厠をがまんしている様子を見て、先生は内心爆笑していたんだ）

そう考えると、先ほどとは違う意味で叫んで転がりたくなる。

（こういうとこは成長してないなあ……）

先生のいない間に黄土山では通真先生などと呼ばれていっぱしの男気取りであったのに、そこから離れてみればこの体《てい》たらくである。

とりあえず用を足し、もう少し気を付けようと部屋に戻りかけたとき、彼は廊下にもれ出る話し声を耳にした。

二人の男が声をひそめて言い争っている。一人は若い男の声で、もう一人は年老いた男の声。若い男の声は突き刺すようで、時折大きくなって部屋の外へと流れ出てくる。しかし年老いた男の声は落ち着いて重く、若い男をたしなめつつ反論しているようであった。

(こんな夜遅くに)

聞く気もないが、険悪な様子が気になった。思わず声のしてくる扉から少し離れたところで、王弁は立ち止まっていた。

(よく聞こえないな)

いけないと思いつつ、扉に耳を付けて聞こうとする。

「羊は……!」

「鶏が……」

会話の冒頭だけは何とか聞き取れるが、あとは早口なのと方言がきついのとでうまく聞き取れない。若い男の声にしばし黙り込んだ老人の方は、

「あまりそういうことを言うものではない。もう遅い。明日また話そう」

疲れたようにゆっくりそう言って、会話を打ち切ろうとした。

「わかりました。老師には明日きっちり理解していただきます。いいですね！」

早口で若い声が反駁《はんばく》する。どちらかが立ち上がる気配がして、王弁はあわてて扉の前から去った。

三

王弁と僕僕の朝食は鵞鳥《がちょう》の卵を塩漬けにしたものを味付けに使った粥《かゆ》である。卵の濃厚な味わいが淡白な粥に強さを与えて、酒に疲れた腹の中を元気付けてくれる。

「よくそんなもん食えるわねえ」

珠髗は相変わらず泥団子を口の中に放り込んではうまそうに咀嚼《そしゃく》している。

「王弁ちゃんさ、これそのお粥に入れて……」

「結構です」

と泥団子を差し出してくるのを王弁は丁重にお断りした。

「味のわからない男はモテないわよ」

珠髗はぷうっと上くちびるをふくらませた。

「そういえば」

杯を片手に粥をすすりながら、僕僕は王弁に顔を向けた。

「昨日《きのう》はえらく長い厠だったね」

「え？　ええ、ちょっと夜風に」

「そうか。ボクはまた色々と発散しに行ったのかと」

「発散……？」

粥の匙《さじ》を持ったまま、王弁はしばらく何のことかわからず首を傾《かし》げる。

「ばば、馬鹿《ばか》なこと言ってるんじゃありません！　俺はちょっと町に出て祭りのこと調べてきますよ」

彼はあわてて粥をかきこむと、どたどたと席を立って部屋を出ようとした。昨夜のことを蒸し返されてはたまらない。王弁が夜、部屋の外に出た時には、少し離れて寝ていた珠髏に起きた気配はなかった。彼女にまで笑われたら目も当てられない。

「あたしゃ先生が誘ってるのかと思ってどきどきしてたわよ」

「ああやって構うと面白いんだ」

僕僕は涼しい顔である。

団子をまた一つ飲み込んで、珠髏がおひょひょ、と笑った。起きていたらしい。王弁は膝《ひざ》を付きそうになるのをこらえて、宿を出る。

(あそこにいたらなぶり者だ)

厩舎《きゅうしゃ》にいた吉良と目が合う。もそもそと秣《まぐさ》を食《は》んでいたみすぼらしい天馬は、王弁に顔を向けるとあからさまにぶひひと鼻を鳴らした。

(……そりゃあ天馬だからね。鋭いよね)

落ち込み気味に街を歩く。

荊州の街は南の門から伸びる大路の奥に官吏が住む一角があり、その手前に兵舎、商人の街があり、もっとも外側に各地から集まる旅人や旅商人の集まる一角がある。市場は城内東西に二つ。物品の売買だけでなく、城内の住民への掲示や刑の執行など、大きな催しものも行われている。

王弁が訪れた東の市《いち》では米や肉、野菜などの他にも、まもなく行われる祭りに使われる道具もさまざまに売られている。神前に奉《たてまつ》る香木や符《ふ》だけではなく、珍しいものが並んでいた。

屋台を冷やかしているうちに、一軒の店の前で彼は足を止めた。

「おじさん、これ何?」

赤い大きな方形の紙と、竹枠、そして大きなろうそくが竹かごに入って売られている。

「これかい？　これは天灯《てんとう》ってんだ」

「天灯？」

「お客さん、このあたりの人じゃないね。どこからだい？」

王弁が淮南の光州だと答えると如才なく、

「光州かい。そらあいいとこだね。おれっちも商売で行ったことあるよ」

と笑って見せる。商売用のなめらかなしゃべり口調は王弁の気をそらさない。

「そうそう、この天灯だけどね、祭りの最終日に空に飛ばすんだ。組み立てて中で火を焚《た》き、紙銭を入れて天の神様に今年の豊作と商売繁盛《はんじょう》を願うのさ。あんたのお仕事は？」

「あ、えぇっと薬師です」

「薬屋さんかい。じゃあ病人が一杯出ることを願わないとな。おっと、これは冗談だぜ」

ぽんぽんとよどみのない口調に乗せられて、その天灯を人数分買わされていた。

（うまいもんだな）

周りを見てみると、何人かは同じように竹かごを抱えている。市場の広場には大道芸人なども出て賑《にぎ》わい、その真ん中にひときわ人目を引く高札が立てられていた。

人ごみの後ろから見上げてみると、

『特級厨師《ちゅうし》急募。来る辛亥《きたしんがい》の日、市場にて荊州刺史《しし》臨席のもと選考会を行う。経験不問。一組一品。出色の料理を出した組は、荊州最高の料理人としての栄誉を与えられ、またさらなる研鑽《けんさん》を積めるだけの十分な田畑、牧場、漁場などを報奨として得る』

と記してあった。

(へえ……。辛亥っていうと、三日後か)

ここまででも十分に王弁の興味をそそったが、次の一文がさらに目を惹《ひ》いた。

『なお勝敗は荊州刺史をはじめ、別駕《べつが》、諸曹《しょそう》より選抜されたものを一半とし、城内に在住、または滞在するものから希望するものを一半とした審査会において最多の票を得たものを勝者とする』

(てことは、俺たちも口に出来るかもしれないってことかな。先生が喜ぶかも。けっこうおいしいもの好きだし)

これは面白そうだ、と王弁は宿にとってかえす。

僕僕は珠醴と酒を酌《く》み交わしながら、何やらけろけろと笑っていた。

「へえ、料理大会ね。ふうん」

話を聞いた彼女は意外なことにあまり興味を示さなかった。よく考えてみれば、釣った魚をひょいひょい調理するかと思えば、珠鼈の泥団子まで食べてしまう仙人である。美食なのではなく、悪食《あくじき》なのかもしれない。しかし、

(いや違う。興味がないんじゃない)

王弁はその一見変化のない横顔を見て、はっとした。くちびるの端が、ほんの少しではあるが上がっているのだ。

「よし、弁。いいことを思いついた」

杯を置いて王弁を指さすと、

「弁。キミはそれに出ろ」

「食べるほうで?」

「あほかキミは。荊州一の料理人なんて冠がついたら、通真先生なんて偉そうな名前よりもよっぽどありがたいぞ」

「そっちですか! で、先生はどうするんです?」

「ボクは食べる方に決まってるだろう」

久しぶりにのけぞっている王弁をよそに、なまずの怪異は手を打って喜んだ。

「江《かわ》のことなら知らないことはないからね。あたしが最高の素材をそろえてあげるわよ」

「じゃあ弁はさっそく宿の厨房を貸してもらう算段をしてもらってくるがいい。ボクと珠髏は役所でキミの出場登録をしてから、洞庭湖と江をめぐって使えそうなものを探してくるよ」

二人は王弁の意見を聞くこともなく、あっという間に宿から姿を消した。あっけにとられてその背中を見送った王弁は考え込む。

(俺に出来ることとなんて釣った魚を塩焼きにするくらいだぞ。しかもそれだって先生に教わったくらいのことしか出来ないし……)

それでも出場しろと言うからには何か教えてもらえるのだろう、とりあえず言われたとおり旅籠《はたご》の主《あるじ》に話を通す。福相の主は拒絶こそしなかったが、少々微妙な顔をした。

「いえね、他にもう一組そういうお客さんがいらっしゃって」

「そうですか……」

それはそれで好都合である。僕僕にも言い訳が立つし、ずぶの素人《しろうと》が広場に出て恥をさらすということもない。

「まあ飯時以外でしたらご自由に使っていただいてかまいませんので。後は厨房を使われるお客さんとご相談くださいな」

微妙な表情を、世慣れた分厚い笑い顔の下に納めて、主人は去る。

（頼んでみてだめなら先生もあきらめてくれるだろう。きっと俺たちとは違って真剣な人たちだろうから）

そう気楽に考える。旅籠の奥まったところに厨房はある。一段低く掘り下げたその一角に入ろうとして、王弁は思わず足を止めた。

厨房内は決してきれいとは言えないまでもよく整頓《せいとん》されている。積み上げられた鍋《なべ》の向こう側から言い争う声が聞こえてきた。

「だから老師は何度言ったらわかってくださるんですか！」

「まずは落ち着け。料理の本質を見失ってはならぬ」

「そんなものは……」

激しい口論をしている声に聞き覚えがある。

（昨夜の二人かな。厨師だったんだ。それにしても入りづらいなあ）

厨房から一歩入ったところで彼がぼんやり立っていると、誰だ、と鋭い声がかかった。若いほうが鋭い目つきで王弁を睨《にら》んでいる。それを抑えて、年嵩《としかさ》の男が一歩前へ出た。

「あ、厨房を少し見ておこうと……」

王弁はしどろもどろに三日後の料理勝負に出ることを話す。年嵩なほうの表情が急に和らいだ。

「おお、あなたは同宿の。恰幅《かっぷく》のよい師をお見かけしたからもしやと思っておりましたが、やはり厨師選抜に出られるのか。私は鄱陽《はよう》から来た厨師、程端《ていたん》。ここにいるのはわが不肖の弟子、陸桐《りくとう》。師父のご尊名を……」

丁寧に礼を執る。王弁もあわてて答礼しようとして、険のある声に遮られた。

「名乗らなくたっていいんじゃないですか。こいつも敵になるのですよ」

「ばか者！　厨師の仁義も誇りも忘れたか！」

「そんなえらそうなこと言えた義理ですか？　だいたい師匠が仁義とか……」

再び始まりそうな口論に、王弁はうんざりする。

「これは見苦しいところを」

いいから黙ってろ、と若者の口をふさいで、初老の男は無礼を詫《わ》びる。王弁から、師の命で厨房を使うことになった事情を聞くと、

「それはそれは。厨房の半ばをぜひお使い下さい。厨師選抜、互いに包丁の奥義《おうぎ》を披露しようではありませんか」

微笑を含んで頷《うなず》いた。

「え、いや、その、俺は……」

別にいいんですよ。と言うべきなのか王弁は迷う。

「あなたの師からあふれ出る風格。あれは荊州だけにとどまらぬ実力を感じます。お名前をお教え願えないだろうか」

そんなにご立派な風格って出てたっけ、と思わず考えてしまった王弁に程端は訊《たず》ねた。僕僕の名を告げると、程端はその奇妙な名前にちょっと首を傾げたように見えた。だがすぐにその表情を消し、

「浅学にしてご尊名を耳にしたことはないが、いずれ高名な厨師なのでありましょう。そのような方と腕を競えるのは名誉なことです」

そう言って王弁の手をとる。いかにも鍋と包丁に人生をかけてきた感じの、分厚い手のひらである。その目じりと眉間《みけん》には深い皺《しわ》が刻み込まれていた。

一方、王弁よりも若そうな弟子の方は、王弁をまるで無視しているかのようにそっぽを向いている。

「は、はい。よろしく、お願いします」

師弟二人の温度差があまりにもひどいので、王弁は戸惑ってしまう。

「師匠は甘いんだよ。同じ厨房使ってたら、こいつが俺たちの技を盗むかもしれないだろ。いい加減に気づけよ！」

師匠を睨みつけつつ毒づく。

自分だったら先生にこんな口は絶対にきけない、とちょっと想像して背筋が寒くなる。天間の虚空《こくう》に放り込まれて、泣いて詫びを入れても許してくれなさそうだ。

「ばかもの！」

ぽかり、と師の拳《こぶし》が弟子の頭を叩《たた》いた。弟子はふてくされた顔で厨房を出て行く。入り口に立つ王弁を突き飛ばさんばかりの勢いに、彼は呆然《ぼうぜん》となった。

「本当に見苦しくて申し訳ない。だが、厨房は半分使ってもらってかまわないですから。まあ、もともとこの宿から借りているのだから、私がえらそうに言うことでもないのですが」

と苦い微笑を浮かべる。とりあえず厨房は使えることになりそうなので、王弁は部屋に戻って師と珠髏の帰りを待つことにした。

四

「……これ、何ですか」

夕刻、僕僕と江の妖怪が持ち帰ってきたものを見て、王弁だけでなく、宿の者たちも口をあんぐりとあけてその巨大な物体を見上げていた。

「何って、魚だよ。見てわからないか」

「魚はわかりますけど、こんな一丈もある魚、何に使うんです？」

白い腹に黒っぽい背中。尾びれは鋸《のこぎり》のようにとがっており、体の側面には小石をきれいに並べたような線が入っている。口は丸い筒のようで、歯は生えていない。

僕僕は珠髷に命じてその場で魚を捌《さば》かせる。

「主人」

僕僕は宿の主を呼び寄せると、三枚におろしたうちの一枚を進呈した。厨房を使わせてもらう礼だという。そして一枚を王弁に渡して命じる。

「弁。キミはこれを使って何か作るんだ。もちろん、荊州のお歴々だけではなくて、ボクも満足させるんだぞ」

「は、はあ」

目の前にどさりと置かれた巨大な魚、鱏《じん》の片身を目の前にして、王弁は途方に暮れた。困り果てて僕僕を見るが、まるで他人事《ひとごと》のように涼しい顔である。

「あたしもちょっとは手伝ってあげる。なにかこの珠鼈さまの力が欲しいときはいつでも言ってきなさい。だからおいしい鱘料理、作るのよ」

珠鼈はぽんぽんと景気づけるように彼の肩を叩き、僕僕と連れ立って部屋に戻っていった。

　野宿のときのように丸ごと塩焼きにするわけにもいかないから、まずは腐らないように塩をしなければならない。王弁は宿の主人に頼んで塩を甕《かめ》ごと持ってきてもらうと、とりあえず身にすりこむところからはじめた。塩をして干しておけば、とりあえずは腐らない。

　鱘は長江に多い魚である。身を薄く切って酢をかけ、生のまま食べても良いし、揚げても美味だ。

　部屋に戻ると、僕僕は宿の主人に進呈した身の一部を料理させたものを前にして、はなはだ上機嫌である。

「美味《うま》い！　さすがは珠鼈の見立てだな」

「で、ござんしょ」

　僕僕は小気味良い速さで酒と箸《はし》を進めていく。だが王弁は全く楽しむ気になれなかった。

(どうしたらいいんだ……)

巨大な片身は風通しの良い厨房の桟に吊《つ》るされている。塩干にしておけば腐りはしないが、鱘の身は味が濃厚すぎるため、干したり燻製《くんせい》にしたりするにはあまり適していない。

「大丈夫よ。この鱘は江の中でも最高級品。燻製にしたってそのあたりの魚には負けないんだからさ」

珠釐はそう励ましてくれる。それはそうだろうが、荊州一の料理人を決める選考会で干物がひときれぺたりと皿にのっているのは寂しい話である。

「そんなに気に病むことなかろう。だいたいキミは素人なんだ」

僕僕は他人事のように気楽な口調である。

(人にやらせておいてこれだもんな)

王弁は何か言い返す気も起こらず再び厨房に向かう。とりあえず材料を目の前にすればよい思案も浮かぶかもしれない。

「……なわけないか」

片身はあくまでも片身である。料理の基礎知識もない王弁の頭には、もちろん何も浮かんでこなかった。

無駄に時間だけが過ぎていく。

「おや、王弁さん」

と、大きな袋を担《かつ》いだ厨師《ちゅうし》師弟の先生の方が入ってきた。

「私たちも厨房使わせてもらってよいですかな」

「もちろんです」

手際《てぎわ》よく道具を取り出し、よく手入れされているらしい純白の前掛けをした程端は、鱘の前に立って難しい顔をしている王弁に向かい、

「王弁さんはお一人で料理に臨まれるのですか？」

と訊ねた。

「え、ええ、まあ……」

気は進まないがそういうことになっている。

「それは素晴らしいですね。師から託されるだけのものを、その若さでお持ちとは」

「と、とんでもない」

王弁からすると、こちらが厨房にいること自体、申し訳のないことなのである。なにせ大きな魚の片身を見てため息をつくばかりなのだ。程端は王弁の横に立って鱘の片身を見上げ、ほとほと感心したように首を振った。

「さすがは厨師選抜に出られるだけあって、大した目利《めき》きだ。これだけ大きさがあって、かつ旨味《うまみ》を秘めた逸品を江から得るとは」

「へ？　は、はあ。見ただけでわかるのですか」

「そりゃあ、ね。鄱陽も水に恵まれた土地だから、よく料理したものです」

眉間に刻まれた皺を少し開き、程端は懐《なつ》かしげである。

「程端さんたちはどんな料理を？」

ごくなにげなく王弁は訊ねた。

「ああ、私達が作る料理はね……」

「老師！」

程端が袋から何かを取り出そうとした時、厨房の入り口から鋭い声が飛んできた。程端の弟子である陸桐が険しい顔つきで王弁を睨みつけている。

「何をお話になっていたのです？」

「ああ、王弁さんと料理の話をな。見てみろこの鱒のすばらしさ。これだけの目をお持ちの料理人はなかなかおられぬ。桐、おまえも王先生にお教えを請《こ》うの……」

「老師はあほうですか！」

突き刺すように声を荒らげる。相変わらず歯に衣《きぬ》着せぬ、というか無礼極まりない弟子である。

「こいつがいるなら、危なくて厨房にはいられませんな。くれぐれもこちらの手の内を明かさないで下さいよ！」

吐き捨てて陸桐は厨房から出て行った。

気まずい沈黙が流れる。

「その、度々すまない。決して悪い子じゃない。料理人としても優れた腕を持っているし、ああ見えて優しいところもあるんですよ」

「はあ……」

これだけめちゃくちゃな口をきかれてそれでも弟子をかばうところから考えて、この師匠が非常に弟子を大事にしていることは、王弁にもわかった。

「はは、やはりおかしいでしょう。私は師としてはだめな男だ。弟子の訓導すらうまくできない。料理しか目に入らない、狭い男なんです」

狭い、という言葉が王弁の胸に刺さった。

自分だって、先生しか目に入っていない。もともと世間すら知らない。なにかを究めるために狭くなった世界と、なにもせずにいるから狭いままな世界とでは大きく違う。

「でもね、弟子はありがたい存在なんです」

「ありがたい？」

「ええ。狭い私にいろいろなことを教えてくれる」

「教えて、くれる……」

「そう」

程端はちょっとはにかんだように笑った。苦労がしみこんだような顔が、一瞬やさしくなる。

「あの……」

話題を変えようとした王弁は、気になっていた鶏と羊の口論について訊《き》いた。

「ああ、聞こえてしまっていたのですね。お恥ずかしい。われら二人とも、料理のこととなると周りが見えなくなる。よし。あなた程の料理人であれば別に話しても良いと思うから話しますが、今回の選抜試合には、私は鶏料理で挑もうと考えていました。鶏にはあらゆる部位に最高の調理法が存在する。州刺史に出しても恥ずかしくない名菜を作り上げる自信があるのです」

師にそれだけの自信があるのなら、弟子は従えばよいのに、と王弁は思いながら続きを聞く。

「それに対し桐は、鶏では料理の格が落ちると言う。羊こそ肉の最高だと言って聞かないのです。確かに食材の格ではそうかもしれない。だが私と桐の腕でもっとも良いものを出せるのは、鶏料理なのだ。料理はなにを使うかももちろん大事だが、どう料理するかのほうがもっと大事なのに、桐のやつはそれを忘れている。王弁さん。あなたからも桐に言ってみてはくれませんか。師の言うことには業腹《ごうはら》でも、知らない人の言うことなら存外素直に聞くかもしれない」

「え、俺がですか？」

いきなりそんなことを頼まれて王弁は目を白黒させた。

「料理人の心は料理人にしかわからぬもの」

程端の目は真剣である。

実は料理人ではないんです、とも言えない雰囲気になってしまった。こうなったら先生に聞くしかない。

部屋に戻ると、僕僕はきゃっきゃとはしゃぎながら、珠鼈と天灯を組み立てていた。

「師弟のいさかいは犬も喰わないんだから放っておけばいい。でもキミは前に夫婦喧《げん》嘩《か》の仲裁もしてみせたじゃないか。吉良を連れてきた犬封《けんぽう》の商人夫婦への裁きは、なかなかのものだったぞ」

天灯を組み立てる手を止めないままそう言う。

「あ、あれは別にたまたまうまくいったっていうか、先生がうまく補ってくれたっていうか」

「よくわかってるじゃないか」

僕僕はちょっと満足げな顔をする。

「とにかく、犬封国の夫婦と料理人の師弟じゃ全然違いますよ」

「違わないさ。人がもめるもとなんて、そうそう沢山あるわけじゃない、表面は無限に見えても、根っこは意外と同じことも多いものだ」

「そんなもんでしょうか」

「そんなもんだ」

とりあえず話を聞いて来いと言われ、王弁は外に出た。行くあてがあるではないが、料理人だから食べ物が沢山集まりそうなところにいるだろうとあたりをつける。

（もう乗りかかった舟だ。やるだけやってだめなら仕方がない）

市場には祭りの道具を買い込む女たちや、三日後の厨師選抜に出るらしき男たちが肉屋の店頭を真剣にのぞいている。名前のわからない黄色い果実を山のように盛り上げた一軒の店を通り過ぎたところで、王弁は知った顔を見かけた。

店と店の間にある狭い路地に座り、ぺっぺとひまわりの種を飛ばしている若者がいる。

「陸桐さん？」

王弁を見上げた若者は、あからさまにいやな顔をしようとして、それを引っ込めた。

「あんた、下ごしらえしなくていいのかよ。鱒の身は塩抜きの時期を間違えるとえらくまずくなっちまうぜ」

相変わらず険のある口調である。

「あ、そうなの？」

「そうなの？ ってそんなことも知らねえでよく厨師なんかやってるな。で、老師に何か言われてきたんだろ。だとしたらあんたも老師と同類だな。ここが足りてねえんだ。他人事に頭つっこんでる暇があったらてめえのこと考えてろよ」

頭をこつこつと人差し指で叩《たた》いた。鋭い若者である。

「あんた、厨師じゃねえだろ。それに本当の師匠はあの若い女だ。違うか」

「違わない、けど」

なぜわかったのだろう。

「あんたさ、あの鱒を前にしてずうっとあの人見てたじゃねえか」

「そ、そうだった？」

「そうそう。あの鱘を目の前にしても、これどうしたらいいんですか、って顔してあの人のこと見てた。そんなんじゃいつまで経《た》っても師匠の使いっ走りにしかなれねえよ」

王弁はむっとする。料理のことは門外漢だから、教えてもらえないとどうしようもないのだ。

「俺は本当は薬……」

と言いかけて止める。薬丹の知識や技術だって、僕僕から教わった以上のことはなにも出来ない。

「その点おいらは違うぜ。弟子だけど、自分で考えて、自分で調理する。いつか老師を超える厨師に絶対なってやるんだ」

「……だったらまず先生からしっかり教わらなきゃいけないんじゃないの？」

「ふん。本当にわかってねえな。料理の世界はな、教わるんじゃなくて盗むんだ」

「盗む……」

「料理の腕は命だぜ。命をやすやすとくれてやるやつなんているかよ。厨師の命を自分で作ることもできないやつが、包丁握れるかってんだ」

目つきと言葉が鋭くなる。

「あんたの本業がなんだかしらねえが、包丁の世界はそんな甘っちょろいもんじゃねえ。おふざけで厨師選抜に出るんならやめときな」

ぐっと詰まるが、王弁は本題を切り出した。

「あのさ、程端先生は鶏の方が良いって……」

「師匠の鶏料理が天下一なのは俺が一番わかってるよ。誰よりも近くで見てるんだ」

王弁の言葉を遮って陸桐は語気を荒らげる。

「初めて師匠の料理を口にしたときから、世の中で一番うまいものを作るのは鄱陽の程端その人しかいねえって。俺は肉屋の息子なんだ。この世には上等な肉とだめな肉の二種類しかねえ。上物は腕さえあればいい料理になることは知ってた。だけどな、師匠はくず肉ですら一級の料理に仕上げちまうんだよ。なんの肉かすらわからねえくず肉と空心菜《くうしんさい》の炒《いた》め。いまでも憶《おぼ》えてる。なにを使うかじゃねえ。どう使うかで料理は変わるってことにえらく感動しちまって、おいらは師匠に弟子入りしたんだ」

熱っぽく語る。

「だったら……」

その師匠の言うとおりにすればいいのではないかと王弁は思う。

「でも食う連中がそれをわかんなきゃ何の意味もねえだろ？　えらい奴《やつ》らや金持ちは味なんてちっともわかってねえ。材料にどれだけ金がかかってて、細工がどれだけ凝っているかってことにしか興味がねえんだ。師匠はかたくなに味を追い続けたから、屋敷を追い出されてさ。厨師は腕をふるう厨房がなきゃただの……」

陸桐はあわてて口を閉ざした。

「と、とにかく、鶏みたいな安い食材じゃだめなんだ。肉の格では一等に置かれている羊を使ってハッタリをきかせ、それで師匠と俺が腕をふるえば、完璧《かんぺき》なんだよ。どう料理するかも大事だけど、なにを料理するかだってやっぱり大事なんだ」

王弁はもちろんどちらも口にしたことはあるし、どちらが食材として優れているかは良くわからない。鶏を使っても美味《うま》いものもあれば、羊を使っても食えないものだってあった。

「じゃあさ」

ふと思いついたことを口にしてみる。

「どっちも使えばいいんじゃないの」

「どっちも？　だめだめ。厨師選抜に出せる料理は一つだけだ。そう高札に書いてあったろうが。鶏料理と羊料理二品出したらそこで失格だよ」

「そうなんだ……」

「もう俺はどうなっても知らねえから。師匠がやっすい鶏肉使った料理で恥かけばいいんだよ」

ぷいとそっぽを向いて、陸桐は再びひまわりの種を口に入れてはぺっぺと吐き出し始めた。結局説得は失敗である。王弁はしょんぼりと宿に戻った。

五

その日がやってきた。

厨師《ちゅうし》選抜の日が祭りの最終日である。荊州江陵府は山南《さんなん》地方各地からの見物人でごった返し、気の早い子供たちはまだ日も高いというのに天灯に火を入れて空に飛ばしている。

「弁、キミは天灯に願いをこめたか？」

僕僕は見事な筆跡で天灯に名前を書きつつ、そう王弁に訊《たず》ねた。

「そうですね……」

天灯を売ってくれた店の主人は病人が増えれば商売繁盛《はんじょう》だ、などと冗談混じりに言っていたが、当然そのようなことを願うつもりはない。

（やっぱりここは先生との仲をもう少しこう、何とか出来ますように、とか）

とも思うが何だかさもしい気もする。

「そういう先生はどうするんです？」

「ボクは神やら何やらに用事があったら、直接行って談判するからな」

仙人はこともなげにそう答えた。

「あー、なるほど……」

天灯を作ったのは単に楽しいからというだけらしい。

「じゃあ今日の厨師選抜で恥かかないように、ってお願いします」

僕僕はかわいそうなものを見るような目つきで王弁を見た。

「天灯を飛ばすのは厨師選抜の後だぞ。終わったことの願い事をかけてどうする」

「あ、そうか」

「せいぜいキミの作った料理にあたって死人が出ないことでも祈るんだね」

「先生も食べるんですよ」

「げ、そうか」

珠巃がそれを聞き、団子をほお張りながらおひょひょと笑った。

（くそ。絶対うまいもん食わせてやる。とは思うけど結局何も思いつかなかった……）

最後のひと足掻《あが》きをしに、厨房へと降りる。厨房では程端と陸桐の師弟が包丁をふるっていた。程端は王弁に向かって目礼したが、陸桐はまったく目もくれない。でもあれだけ口うるさく師匠を罵《ののし》っていた陸桐が、師とともに調理に取り掛かれたのなら良かったとほっとする。

吊《つ》るされた鱒の前に王弁は立つ。

強めに塩をされて、三日間風に干された鱒の身は、程よく締まってとても美味そうだ。しかしその端っこをちょっと切り取って口に入れ、思わず顔をしかめた。

通常、魚は干すと味が凝縮して旨味《うまみ》が増す。だが陸桐の言ったとおり、何も考えず干し続けた鱒の身には味が集まりすぎてくどくなってしまっていた。

（こりゃあ、だめだ……）

口に入れたものを吐き出し、がっくりと肩を落とす。水にさらしてみれば塩気は多少抜けるがくどさだけは全く抜けていかない。

（別に料理人になりたいわけじゃないし、棄権してもいいかな。いや、でもそんなことしたらあとで先生に何を言われるやら……）

諦《あきら》めたいが、そうもいかない。師匠をアホ呼ばわりできる陸桐がちょっとうらやましい。

「王弁さん」

考え込んでいる彼に、程端が声をかけてきた。

「ちょっと出ませんか」

前掛けには羊か鶏かはわからないが鮮血が点々と飛び、既に調理が佳境に入っていることを示している。目じりと眉間《みけん》の皺《しわ》の間に柔らかい表情を浮かべて王弁を促す。

井戸から水を汲《く》んで手を洗い口を潤《うるお》した程端は、

「鱒の身に味が集まりすぎたのであれば、それを和らげる調料と香草を使われると良い。酢と香菜、大根などと供すれば、あれだけ素晴らしい鱒の身だ。高い評価を得ることが出来るでしょう」

そう教えた。

「え……」

王弁は思わず言葉を失った。なんだかんだ言っても競う相手なのに、この厨師の口調にはよどみもためらいもなかった。

「これも厨師の仁義です。王弁さん、あなた陸桐になにやら助言してくださいましたね」

「助言？　い、いえ、別に」

全く心当たりがない。

「ご謙遜《けんそん》を。いやしかし、厨師が料理のことで恩を受けて返さぬわけには参りません。今の私の言葉は王弁さんへの報恩と思ってください」

「は、はあ。助かります」

なんのことかわからないまま、王弁はとりあえず礼を言う。

「厨師は言葉による教授をほとんどいたしません。言葉による教授は、相手を認め、力量を認めてこそ。同等の者でなければ行わない。そうなっています」

「そうなんですか……」

いろんな師弟関係があるものだ。

「それだけ言葉による教授は大きく尊いもの。あなたが桐にして下さったご助言を聞き、あなたは大した厨師だと改めて思いました。王弁さんのようなお弟子をもたれた先生がうらやましい」

「と、とんでもない！」

「とんでもない？」

「い、いえ、その……」

あまり誉《ほ》められたことのない王弁はどぎまぎする。

「とにかく、それだけのご好意を返すだけの手腕が桐にはまだない。師がその恩を返すのは当然のことです」

「はあ」

では、と程端は戻っていく。

王弁もとりあえず言われた通りの材料を揃《そろ》え、それなりに映えるように盛り付ける。香菜の緑と大根の白が、鱒の身を清らかに飾る。

（これは意外にいけるんじゃないか）

とうぬぼれたくなるできばえ。

右から左から、そして上から皿をながめては自画自賛のため息をつく。意外な才能の発見であった。

厨房でやれやれと息をついていると、突然厨房の反対側から悲鳴に近い叫び声がとんできた。

「ど、どうしました？」

王弁があわてて駆け寄ると、竈《かまど》の前で師弟が肩を落としている。

「いや、こちらのことです。お気になさらず」

誇り高い厨師は姿勢を改め、気遣いをかけまいと微笑《ほほえ》む。しかし陸桐は口惜《くや》しそうにくちびるをぎゅっとかみ締めたまま動かない。竈の中には白い大きな塊があって、ばっくりと無残に割れていた。

「……どうして包めないんだ」

「もう一度やろう。ここであきらめてはならん。塩と卵白の配合を変えればあるいは」

「だめですよ。これでは何回やっても同じです」

陸桐は頭を抱える。

「包む？」

王弁は思わず訊《き》いていた。

「そうです。我らの料理は塩を卵白で練ったもので下ごしらえした食材を包み、竈で焼いて完成させるのだが、どうしても途中で割れてしまう」

ふう、と大きく程端が息を吐く。眉間の皺がぐっと深みを増していた。

陸桐も頭を抱えたまま座り込んでしまう。あれだけ口汚く師匠を罵っていたくせに、ここで終わってしまうことは本当につらいようだ。

その頬を悔し涙が伝う。

「もうだめだ。せっかくすげえ一品が出来ると思ったのに」

「あの……」

言葉をかけようとした王弁を、陸桐はにらみつける。

「うるさい！　おまえが余計な入れ知恵なんかするから。どうせあれだろ。はなから失敗するってわかってて教えたんだろうが。最初から俺一人で考えればよかったんだ！」

ぱん、と乾いた音が響いた。

弟子は頬を押さえる。

「老師……」

「私への無礼は構わぬ。だが他の厨師を愚弄《ぐろう》することは許さぬ」

これまで聞いたことのない、程端の厳しく重い声であった。

「だって、老師、ここで仕事にありつけなきゃ……」

「心配はいらん。荷運びだろうとなんだろうと、元気であれば生きていける。包丁がなくても人は生きていけるものだよ」

師の声は優しくなった。

「やだよ。俺は天下一の包丁人、程端の弟子になったんだ。その老師が包丁捨てるなんて絶対にいやだ……」

ぽろぽろとその頬を涙が伝う。王弁は、若い厨師の無念を思った。

(包む……そうだ)

一つ思いついたことがあった。あわてて部屋に戻り、珠髗の前に膝《ひざ》をつく。

「珠髗さん! あの泥団子ありったけ下さい!」

「おひょ? 食べるのかい?」

首を傾《かし》げていた彼女は事情を聞くと目玉をぐりぐりと回した。

「わたしのご馳走《ちそう》をそんな風に使われるのはいやねえ」

と渋い顔である。

「でも、もっとすごいご馳走を作るにはそれが本当に必要なんです」

王弁は必死に頭を下げる。

「……わかったわよ。あんたを手伝うって約束したしね。ほい」

珠髗は表情を和らげ、懐《ふところ》から小さな袋を取り出して王弁に手渡す。

「お、重い……」

受け取ったとたんに、王弁の膝はがくんと落ちた。

「そりゃあ好物だからたっぷり入れてあるわさ」

見かけは小さいが、腕が抜けそうな重さである。王弁は礼もそこそこに厨房へと駆け戻る。小さな袋を重たそうに引きずってきた彼を見て二人は怪訝《けげん》な顔をしたが、その袋から取り出したものを見て眉《まゆ》を開いた。

「この匂《にお》い、江《かわ》の泥に鯉《こい》、蟹《かに》の身か何かが混ぜられてある……」

陸桐は一度鼻に近づけただけでその構成を当てた。二人は顔を見合わせて頷《うなず》くが、その小さな袋を見てやはり首を振る。

「王弁さん、あなたには本当に色々と教えていただきました。確かに我らが求めているのはこういうものです。粘りと強さ、そして食材を包む味わいがこれにはある。しかし我らが作る一品を完成させるには、五斗のこれが必要になるでしょう」

王弁はそれを聞くと、袋をさかさまにして全力で一度振った。ごろごろと団子が転がりだして厨房中に広がる。五斗分をはるかに上回る泥団子が見る間に出現した。

六

日が暮れて祭りは終わり、江陵府は天灯に入れるろうそくのほんわりした光に包まれていた。王弁は一人反省会中である。

（そりゃあ本職の中に混じれば粗《あら》が目立つよな）

王弁の出品した鱒の干物香菜添え酢風味は、味自体の評価は決して悪くなかった。素材の味を凝縮し、その凝縮した味わいを酢と香菜で和らげるという考えは、特に刺史に賞賛されたが、盛り付けの加減や切り身の美しさにおいては大減点である。他の厨師に比べると素人《しろうと》丸出しなのだ。自画自賛はあくまでも自画自賛でしかなかった。

（でもまあ、いっか）

王弁は結果に不満はない。

その厨師選抜の結果は、程端、陸桐組の勝利に終わった。

彼らの料理が会場に運ばれてきたとき、審査員も観衆もざわめき、ひそひそと耳打ちしあった。それが巨大で真っ黒な塊であったからである。

陸桐が木槌《きづち》でその塊を打つと、ぱかりとその塊が割れて蓮《はす》の葉で包まれた物体が現れた。

「それでは皆さまに我らが一皿をお目にかけます」

師の声を合図に、陸桐が研ぎ澄まされて白い光を放つ包丁ですっと蓮の葉を開く。ふてくされた表情が消え、料理人の凜《りん》とした空気をまとった若者の動きは熟練の舞手のように美しい。

蓮の葉をはがした中には蒸された羊が一頭丸ごと入っており、ほくほくと湯気を立てている。

観衆のざわめきは納得のささやきに変わるが、程端と陸桐の工夫はそれだけに止《とど》まらなかった。程端が羊の腹から取り出したものは、米と香草を腹に詰めた鶏であった。

二人の厨師が見せる見事な手際《てぎわ》で切り分けられた鶏肉を口にして、審査員一同を包んだのは沈黙。そしてその沈黙が破れたと思ったら、今度は感嘆のため息が全員から吐き出された。

他にも華麗な料理は数々出品されたが、圧倒的な得票数で程端組の料理「江泥羊《こうでいよう》羹《かん》」は一位に選ばれた。

見た目の奇異さもさることながら、江の底泥と蓮の葉で羊を包み焼き、さらにその羊一頭分の上品な風味をだしにして鶏を味付けするという斬新《ざんしん》さが、高く評価されたのである。

勝利が決まったその瞬間、陸桐は程端の手をとったまま動けなくなり、師はそんな弟子の背中を優しく叩《たた》いた。

しばらくして王弁のもとに駆け寄った陸桐は、

「今度江陵府に来た時は、江陵府の特級厨師陸桐さまが腕をふるってもてなしてやるから、必ず寄れよ。厨師の仁義を破ったら、うちの師匠がうるさいからな」

「う、うん」

「あっちにいるかわいいお師匠さんとも仲良くな」

「へ？」

目を白黒させている王弁に向かって初めてにこっと笑うと、また師のもとに駆け戻っていく。眉間の皺を開いて微笑んでいる凄腕《すごうで》の厨師は弟子を迎え、そして王弁に向かって一礼した。

喜びではちきれそうな背中を見送りながら、王弁はほっと胸をなでおろす。

祭りは佳境を迎え、爆竹がにぎやかに鳴る中を赤い天灯が次々に空へと上がっていく。珠醴は相変わらず団子をほお張り、僕僕は杯を重ねながらその光景をじっと見ていた。

「キミの鱘料理、ボクは美味《うま》いと思ったよ」

僕僕はどういう手を使ったのかちゃっかり審査員席に座り、厨師たちが腕をふるった料理を満足げに口にしていたものだ。

「でも俺のに票入れてくれなかったじゃないですか」

「うそはつけないからな。ただ、素人にしてはキミの料理は素朴で美しくて、味も悪くなかった。競う相手が悪かっただけさ。相手はみんな玄人《くろうと》だった。特に優勝した連中の工夫。あれには意表を衝《つ》かれたよ。奇策は力のないものがやると大抵失敗に終わるのだけど、彼らには奇策の中に揺るぎのない本道があった。ああいうことは長年の研鑽《けんさん》と、熟考を重ねた上でのひらめきがないと無理だ」

結果には納得だが、それでも勝負事に負けたほろ苦さが少し胸に残る。

「彼らにひらめきの手がかりを与えたのはキミだよ。偶然かもしれないが、必然性のない偶然はないから」

と僕僕は慰めるように言った。

「さて、ボクたちの天灯も上げるか」

杯を懐に収め、天灯に火を入れる。赤い紙で作られた四角い天灯には、それぞれの名前が書かれてある。

「先生、願い事は何もしなかったんですか」

「個人的にはなにもない」

神さまに用があれば直談判《じかだんぱん》に行くような人が、こんな一般庶民のお遊びに付き合う気はないのかもしれない。王弁は、出来ることなら師匠である仙人が天に願うことを聞いてみたかったが、あきらめた。

「でもね」

僕僕は熱気がみなぎって、空へと向かう力を得た天灯から手を離しながら、一歩王弁に近づいた。

「キミの阿呆《あほう》が少しでも良くなりますように、と願いをこめてあげたよ」

「……それはそれはどうもありがとうございます」

憎まれ口も今日は気持ちがいい。

「キミはどうせあれだろう？　ボクといつまでも一緒にいられますように、だろ？」

「残念でした。違いますよ」

精一杯強がって見せる。

「ふうん？」

僕僕はにやにやしながら、もう半歩だけ王弁に近づいてその隣に立った。

「俺も先生からいろいろ盗めますようにって願いました」

「盗む、か。うん、いいんじゃないか。悪くない願いだ」

祭りを彩《いろど》る灯《あか》りが、幼くて艶《つや》っぽい師の顔を染めている。

王弁も熱気が満ちた天灯から手を離す。まっすぐに夜空を目指す僕僕の天灯に比して、王弁のそれはふらりふらりと揺れながら高度を上げて僕僕の天灯を追っていく。

珠䶮はそんな二人の後姿を見ながら団子をもう一つ口に放り込み、もぐもぐとおいしそうに咀嚼《そしゃく》していた。

陽《よう》児《じ》雷《らい》児《じ》

雷神の子、友を得る

一

もう少し洞庭湖《どうていこ》の風景を楽しみたい、という僕僕の希望で、彼らの姿は洞庭湖の南側に位置する潭州長沙《たんしゅうちょうさ》城から十里ほど湘水《しょうすい》をくだったところにあった。珠鼈《しゅべつ》は用事があるとかで、洞庭湖を横断して二人を下ろすと、再び長江《ちょうこう》に向けて帰っていった。

僕僕一行は、河伯《かはく》の力も珠鼈の力も借りず、一艘《そう》の船を雇って湘水を南進していた。ただひたすら平坦《へいたん》な江南《こうなん》の風景の中に、田植えの終わった水田が延々と続いている。

「このあたりは水が豊かだ。魃《ばつ》の姐《ねえ》さんもここまで来ることは滅多にない」

しとしとと細い雨が降る中で、僕僕は潤《うるお》い十分の空気を胸いっぱいに吸い込む。王弁もすっかり馴染《なじ》みになった江南の風景を楽しむが、多すぎる湿気が少し不快でもあった。

「それが今年の潭州は変だったんで」

船頭は褌《ふんどし》の結び目あたりをぽりぽりかきながら、錆《さ》びのきいた声で言った。

冬から先、全く雨の降らない日が続いたのだという。

「でも湖にはちゃんと水がありましたよね」

洞庭湖からさかのぼって、水量が少ないとは王弁には思えなかった。

「潭州全体っていうより、長沙のあたりだけぴーかん天気だったんでさぁ。他はいつも通りだってのに、あのあたりの百姓やってる衆はえらく苦労したらしいですぜ」

その長沙は間もなくであるが、旱《ひでり》の気配などどうそのように空気はしけっている。

「じゃあこの雨はここ最近なのか？」

「ええ。どうもここ数日ってなもんでさ。長沙あたりの雨雲がこちらに飛んできてるって寸法で」

さすがに船頭は川筋のことには詳しい。

「そろそろ日干しといきたいところですね」

王弁は体をむずむずとさせている。州の境を越えてから、太陽を見ていない。どんよりと重たそうな雲が湿った空気をこもらせて佇《たたず》んでいる。

「まあそう言うな。このあたりに雨が降るから洞庭湖に水がたまる。湖に水が豊かになれば江《かわ》の流域も潤うんだ」

「それはわかるんですけど」

王弁はひんやりとした湿気の中でごしごしと顔をこすった。淮南《わいなん》も決して乾いてはいないが、これほどではない。

「ボクも久しぶりだけど、この湿り具合はちょっとすごいね」

僕僕が袖《そで》をつかんで確かめる。吉良《きら》が身震いすると、細かい水しぶきが飛ぶほどである。

船は何度も蛇行を繰り返しながら湘水を遡《さかのぼ》る。あと数里行けば長沙の城壁が見えてくるというところで、船頭が驚いたような声を上げた。

「どうした」

「いや、どうも様子がおかしいんで」

雲は相変わらず低く垂れ込めているが、長沙の城市周辺にある雲だけが、さらに低い。低いというより、城全体を包み込んでいるような形で留まっている。霧ではなく、明らかに雲だった。

「何ですかあれは」

王弁もあんな雲は見たことがなかった。

「何ですかって、雲だよ」

「雲なのは見ればわかりますよ。あんなに低いところに出るもんなんですか」

「そりゃあ、たまには下りて来たくなるんじゃないか」

特に僕僕は気にしている様子もなかった。ただ、

「街に入れるかな」

とそのことを気にした。

「あれだけ厚い雲だと、中は大嵐《おおあらし》かもしれん。船頭どうだ。行けそうか」

僕僕は舳先《へさき》に立ち上がって手をかざすと、そう訊《たず》ねた。

「あっしら川の船頭は雨風の強いときは仕事に出ないようにしていやす。この船も雨風に強いかって言われると、少々自信がねえですね」

無理をさせるわけには行かない、と僕僕は川沿いの漁村に船をつけさせた。同じように避難して来たのか、かなりの数が停泊している。

やがて船頭が長沙方面から引き返してきた船を回って様子を聞いてきた。

「だめだそうですぜ。船はおろか、陸路でもあまりの暴風雨で長沙に近づけねえって」

「そうか……。それは奇怪だな」

僕僕は長沙とは反対の方向を向き、ついで上空をにらんで考え込んだ。雲はぶ厚く城の周囲を覆《おお》ってどんよりと暗い。

「吉良、ちょっといいか」

僕僕は痩《や》せ馬の耳に口を当てる。

「ちょっと様子を見てきて欲しいんだ」

頷《うなず》く馬の尾に、自分の袖からほどいた糸を一本、結びつける。

「よし。これで上のほうで迷うことはないだろう。頼む」

目の前に出された僕僕の手のひらにひづめを置いた吉良は、ぽんと地を蹴《け》って宙を舞った。みるみるうちにその姿が小さくなり、雲の中へと消える。

「ここらあたりではまだ大雨が降っていないのが幸いだね」

そう言いながら仙人は懐《ふところ》から酒壺《さかつぼ》を取り出した。

「で、雲見の一杯ですか」

「そうだ。付き合うだろう？」

師弟はどんより厚い雲の下で酒を飲み始める。王弁は行李《こうり》の中から干し肉の塊を取り出し、肴《さかな》にしようとしてあることに気づいた。

「黴《かび》ってる……。昨日まで全然そんなことなかったのに」

「湿気がすごい証左だろう。気にすることはない。表を削って、火に炙《あぶ》れば食えるさ」

しかし船の上で火を焚《た》く訳にもいかない。急に、どんがらぴしゃんと雷が連発で鳴った。王弁が思わず腰を抜かしそうになるほどの音量だ。

「黴ったつまみがいやなら、なにか適当に買って来てくれ。このあたりの名物だと粕《はく》青魚《せいぎょ》があるはずだ。漁村なら間違いなくあるだろう」

僕僕は雷が鳴ったことなどまるで気にせず王弁に頼む。

粕青魚は、鯉《こい》の一種である背の青い魚を酒かすに漬け込んだものである。炙って脂《あぶら》がしたたる程度に火を通すと美味だ。

王弁が岸を歩いていると、船頭が僕僕からもらった酒手で仲間と呑《の》んでいるのが見えた。王弁は手招きされたが、手を振って断る。折角僕僕が二人で飲もうと言ってくれているのに、その機会を逃す道理はない。

「よしよし、これだ」

思わぬ人の入りで臨時に開かれている市で一尾買い込んで、船に戻る。戻ると、吉良が戻ってきていた。その口には一枚の黄色い紙がくわえられている。

僕僕はほとんどほどけてしまった袖もそのままに、その紙を開くと熱心に読みふけっていた。王弁が覗《のぞ》いてみると、彼には読めない文字がごく細い字体で記してある。

(きれいな腕……)

文字が読めない王弁はそちらのほうに目を奪われた。滅多に素肌を見せない僕僕が、二の腕まで露《あらわ》にしてそれを気にもしていない。ちらちらと見える腋《わき》がなんともなまめかしい。

「おい、そこの発情期」

と僕僕に声をかけられるまで、王弁はぼんやりとそこに見とれている自分に気付かなかった。

王弁は顔を真っ赤にして目をそらす。

吉良が雲の上へと顔を出すと、とある会合の真ん中に顔を出してしまったのだという。

「鋭い牙《きば》がくちびるからはみ出し、頭に一本か二本の角が生えている、恐ろしげな男たちの集まりということは、やはり雷神の一族が来ているものらしい」

突然下界から馬が現れて驚いたのは雷さまのほうであったらしく、吉良が雷神集会の真ん中に顔を出すのと、雷たちが持っている鼓や銅鑼《どら》を連打するのがほぼ同時であったらしい。

「なるほどな、それで雷がはでに鳴ったんだ」

僕僕は納得顔になった。吉良はもぞもぞとくちびるを動かしながら、僕僕に経緯を告げているらしい。王弁は吉良の声をしばらく聞いていない。

「なるほど。そのうち一人の年嵩《としかさ》の男が吉良のしっぽに結ばれたボクの糸に気付いたのか。ふむ。そんな古株がいたとはね。ボクのことを知っている長老が吉良に書状を託したようだ」

王弁は僕僕を見る。

少女のように見えて、雷さまとお知り合い。しかも何やら頼られている様子。距離を遠くに感じる瞬間である。

「しかしまあ、これはまた……」

僕僕は手紙らしきものから顔を上げ、しばらく目を閉じて何やら考えている様子であった。

「何か難しいことでも？」

「難しいと言えば難しい。どこの家にもあって、いつの時代にもある。弁、キミの家でもあったことだ」

と言われれば家庭問題しかありえない。

「親子のあれですか」

王弁の実家にもあるのだとしたら、これだった。

「まあ一言でいってしまえば親子喧嘩《げんか》に近いのだが、事態はもう少し複雑なようだ」

詳しい話を聞こうと王弁が身を乗り出したとき、村のほうからざわざわと人声の塊が流れてきた。

「お客さん、長沙から出てきた人が来たみたいですぜ！」

船頭が走りよってきて、騒ぎのするほうを指さした。僕僕は王弁の顔を見て、ボクたちも見に行こう、と彼を促した。

二

長沙城の、貧しい人たちが住む地域は城内西南の一角にある。肩を寄せ合うようにして建っている粗末な建物は、叩《たた》きつけるような雨に傾《かし》いでいる。水はけの悪い土地には膝上《ひざうえ》まで水が上がり、住民はあるかなしかの家財道具を担《かつ》いで避難していた。

その一軒の屋根の上には、一人の少年が座り、ずっと空を見上げている。雨粒が鼻に入って激しくむせることもあるが、そのまま何かを待つように厚い雲の方に顔を向けている。

かち、と空の一角が閃光《せんこう》に包まれ、ほぼ同時に轟音《ごうおん》が少年のすぐ傍で響いた。しかし少年の表情は恐怖にゆがむことはなく、むしろ嬉《うれ》しそうな笑みにおおわれている。

何かが落下した衝撃で、一軒のぼろ家が屏風《びょうぶ》が倒れるようにぱたりと崩れ落ちた。

「董虔《とうけん》、いるか!」

瓦礫《がれき》の下から得意げな声がする。自分より一回り幼いかわいらしい声を聞いて、屋根の上の少年は下を覗きこんだ。

「砰《ばん》!」

屋根の上から少年は叫んだ。

「また来てやったぞ」

瓦礫の下から小さな影が立ち上がる。三尺に満たない、小柄な少年だ。雨が、空から落ちてきた少年についた泥やごみを洗い流して行く。ぺたりとした前髪に覆われた額からぐっと伸びた角に金色の瞳《ひとみ》。耳まで裂けた口からは鋭い牙が上下にはみ出ている。それでも、屋根の上に座っていた少年は怖がる素振りさえ見せずに、自分の隣をたんたんと叩いた。

「人間は雨に当たってると病になるんだろ。父上が言ってた」

空から落ちてきた少年は、ぽんと地面を蹴って飛び上がると、瓦《かわら》の上に腰を下ろす。

「大丈夫だよ。砰は見かけによらず心配性だね」

菫虔は雷の頭を撫《な》でようとするが、その手を振り払って牙をむく。

「前から言ってるけど、俺の名前は砰じゃねえ」

「だったら本当はなんて名前？」

「教えない。人間なんかにそう易々《やすやす》と名前を教えられるかってんだ」

「だから砰って名前、ぼくがつけてあげたんじゃないか」

ふん、と雷の子はそっぽを向く。菫虔はその様子を面白そうにじっと見ていた。

「砰」

「なんだよ」

「これ、食べる？」

菫虔は懐から粗末な布袋を取り出した。鋭い爪《つめ》が見える手のひらを出させて、その中のものを振り落とす。

「しけっててうまく出てこないや」

そう言いながら菫虔は茶色い小さな粒を砰の手のひらに盛り上げた。

「ご飯を乾かして、蜜《みつ》を絡《から》めてあるんだ。甘いんだよ。砰が来るから買っておいたんだ」

「ふうん。そりゃめでたいことだな」

礼も言わず手のひらの粒を口に放り込み、砕はさらに袋に手を突っ込む。

本来ぽりぽりとした歯ざわりが売りの駄菓子も、雨の中ですっかり水を吸ってしまっている。

「……ちっとも甘くねぇよ」

「ほんとだ」

二人は顔を見合わせて笑いあった。絡めてある糖蜜でさえ、あまりの水気に流れ出したのである。それでも雷神の少年と人間の少年は、まぐまぐとふやけた菓子を口に放り込み続ける。

「よく降るねえ」

「だって降らせろって言われたんだもんな」

「誰に？」

「教えない。そういうことは普通の人間が知らなくてもいいことになってるんだ。だいたい、俺さまのような偉い雷神がお前みたいな人間と親しく言葉を交わしているなんてありがたいことなんだぞ」

そうなんだ、と菫庱は気にする風もない。

「だったらこれを返すのは止《や》めておこうかな」

董虔は懐から三寸ほどの金具を取り出した。先が三つに分かれて、雨粒が触れるとそのたびにぽっぽと青白い火花が散る。

「くっそ。弱み握ってるからって調子乗りやがって」

そうは言いつつも、砕は特に怒りだす様子もなく、ふやけた菓子を咀嚼《そしやく》している。

「別にそれ俺に返したって、約束は守るっての。雷神なめんな」

「うん。でもこれ、気に入ってるんだ」

「そうかよ」

ざんざんと雨は降り続いている。

長沙周辺の気候に異変が現れたのは、年が変わって間もなくのことであった。最初は誰も気にしなかった。湘水の流れは豊かで、山の緑も暗さを伴って重たげである。いつも通りの冬だった。

雨が降らない日が一月、二月と過ぎるうちに長沙の民は不気味に感じてきた。街に出入りする商人たちからは、周辺諸州は例年通りの降雨があると聞くのに、長沙付近だけはからからに乾いてしまったのだ。

刺史《しし》を始め有力者は知恵を絞ってとある僧を呼び、彼の力で雨を呼んだ。もくろみ通り、長沙は三ヶ月ぶりの降雨に沸いたものだ。

董虔が砰に出会ったのは、その日のことだった。

「びっくりしたね」

「ああ、そうだな。まさか俺さまがあんなどじ踏むなんてよ」

思い出したように笑う少年に、砰は苦々しい顔をして見せた。

その日も董虔は街を巡っては小さな仕事をして生活の糧《かて》を稼ぐのに必死だった。

長沙の港で魚を船から降ろす作業をしていた彼は急いでいた。それまでずっと晴れていた空が急に暗くなり、甲高い雷鳴が響き始めたからである。他の大人たちが仕事をほったらかして逃げる中、董虔だけが最後まで残って仕事を続けていた。

体が小さく、力も弱い少年であろうが、課される仕事量に違いはない。雨が降ろうと嵐になろうと、やれと言われた量をこなさなければ銭はもらえないのである。

やがて大きな雨粒が地面を叩き始める。足元が悪くならないうちに仕事を終わらせてしまおうと急ぐ董虔の前で、弾《はじ》けるように光が散った。と同時に、何かが破裂するような音がして、彼はひっくり返ってしまう。

董虔はもうもうと上がる蒸気の中に、小さな人影を見たような気がした。あわてたような人影は、董虔に気付くとさらに狼狽《ろうばい》の度を深めていく。

「えっと、大丈夫？」

思わず彼は訊《き》いていた。影は答えの代わりにもう一度閃光を発すると、姿を消した。

周りの大人たちは董虔に雷が直撃したと思ったらしく、無傷な彼を見て喜んだり驚いたりしていたが、結局仕事が軽減されることはなかった。

彼はその日、いつもよりも慎重に仕事を終わらせた。一日分の銭をもらい、城内に帰っていくと、何も言わずに父親がその懐《ふところ》に手を突っ込み、根こそぎ銭を持っていく。酒臭い汗と息がいやでたまらない。

わずかな金でわずかな酒を買いに行った父親を見送ると、董虔は下帯のあたりをごそごそとまさぐった。小さな金具を挟んである。

「良かった。落ちてなかった」

周りに人がいないことを確認して、そっと手の中に包む。宝物を父親に奪われるわけにはいかない。これまで見たことはあっても触れたことのない、きらきら光る銀の感触を少年は楽しんでいた。

雨は止まず、土を跳ね飛ばすような勢いで降り続けている。雷もあちこちで轟《とどろ》いていたが、一発が董虔が住む家の前で炸裂《さくれつ》した。

薄い板を立てかけてあるだけの玄関が吹っ飛び、その勢いで董虔もごろごろと地面を転がる。

（こ、これだけは！）

落としそうになった銀の叉《さ》を胸に抱いて守る。そして目を上げた先にいたのが、砕であった。

「それ、返せよ」

雷鳴と共に現れた少年はおかしな恰好《かっこう》をしていた。羽織った衣《ころも》は城の大路でたまに見るえらい役人のように袖《そで》がたっぷりと取られた上等なものだった。しかしその衣の色は墨染めのように黒く、金色の細い線が縦横に走っている。

何より奇怪だったのは、その顔であった。目は金色。くちびるは裂けて、そこから牙が飛び出している。おまけに額には角まで生えているのだから。

「返せって……これ？」

少年の目線をたどった董虔は、何を返せと言われているのかを悟った。

「それだよ。お前なんかが持っててもしゃあねえ代物《しろもの》だ」

口調はぞんざいだが、董虔は思わず笑ってしまった。鈴虫が鳴くように優しい声が、三尺あまりの小さな体から発せられていたからである。

「……無礼は許してやる。だから今すぐ返せ」

白く光る牙をちらつかせて少年はすごんだ。

「やだ」

落ちてきた少年は苛立《いらだ》ってきた。董虔もせっかく手に入れた宝物をむざむざ誰だか知らない者に渡す気はない。

「一つ言っておくけどな、俺さまは雷の神だ。お前みたいな人間には姿も見えなければ声も聞こえない、高貴な神様なんだぞ」

「でもぼくにはきみの姿も見えるし、声も聞こえるよ」

雷の子供は困ったような顔をした。

「返さないなら……」

怖い顔をますます怖くして、雷神は一歩迫る。銀の刃を握り締めて、董虔は後ずさった。怖いけれど、このまま返すのは絶対に嫌だった。

「か、神様が何も悪いことしてない子供を殺していいのっ？」

とっさに董虔が叫ぶと、ぴたりと雷の動きが止まる。

「……だめだ。こちらの都合で勝手に人間を殺しちゃいけないことになってる。でもその刃は俺の分身だ。俺が大きくなればその刃も共に育って、武器になったり楽器になる。それだけ大切なものなんだ。返せ。頼む」

「で、でも」

董虔はその銀色に輝く宝物をどうしても返したくなかった。怖い顔で董虔を睨《にら》みつけていた雷はうなる。

「父上が言ってた。拾ったものを返してもらうなら、それなりの礼物が必要だって。だから言え。何が欲しい」

「え？　急に言われても……」

「さっさと言え！」

雷は牙をむき出して怒鳴る。声はかわいらしくとも、やはり恐ろしいことは恐ろしい。

「じゃ、じゃあ……」

毎日遊びに来てよ、と董虔は頼んだ。それ以来、雷の子供は毎日長沙城内に姿を現すことになり、雨は降りやまなくなった。

三

僧侶《そうりょ》は蒸し暑さのあまり吹き出る汗をしきりにぬぐい、ぐびりと杯を干した。

「いやはや、参りましたな」

骨に皮を貼《は》り付けただけの、骸《むくろ》のような男である。その僧侶は本当に骨と皮だけが表に浮き出ていた。

「こんななりでも汗は出よります」

かかか、としゃれこうべが揺れるように笑う。

王弁たちは雨に閉じ込められたようになっている長沙から出てきた人物を見に、船を降りて漁村へと向かった。

このあたりでは有名な僧らしく、村人や船頭たちと親しげに話していた彼は、僕僕の顔を見るなり、ほうほうと梟《ふくろう》が鳴くような声を立てて近づいてきたものである。

僕僕も如才なく挨拶《あいさつ》を交わし、船へといざなう。見た目は気味の悪い骸骨《がいこつ》でも、僕僕の知り合いならまあいいか、と王弁は何も言わなかった。しかし船への帰り際《ぎわ》、

「あのお坊さん、どんなお知り合いですか」

との問いに僕僕は、全く知らないと即答した。

「でも普通の人間じゃない。おそらく仏界浄土の命でこちらに来ているんだろう」

とこともなげに言った。

「どういうことです？」

「どういうことかは話を聞いてみればわかるんじゃないか。そうせっつかずに酒の肴《さかな》、追加で頼む。あのぼんさん、かなり強いぞ」

「はあ……」

不空《ふくう》と名乗った坊主は、僕僕が言うだけあってすさまじい酒豪だった。汗をだらだらと流しながら口に酒を流し込むさまは、これまで王弁が見たことのない呑《の》みっぷりである。

「ほんまこの雨、参りましたわ」

荒地のようにでこぼこした頭を叩《たた》くと、汗のしぶきが飛び散って王弁は辟易《へきえき》する。

僕僕は気にする様子も見せない。

「で、不空御坊《おぼう》は長沙の刺史から請《こ》われて来られたわけですな」

「そうですわ。雨を呼んでくれと言われましてな」

僕僕が話を戻す。

「で、呼びすぎたと」

「先生はおわかりになってはるんでっしゃろ。なんでこんなえげつない雨になってしもたんか」

僕僕は黙って吉良が空の上からもらってきた書状を不空に見せた。

「……あちゃー」

しばらく黙って読みふけっていた不空は天を仰いで嘆息《ためいき》をついた。王弁もこっそり覗《のぞ》き込んでみるが、相変わらず一文字とてわからない。

「あかんあかん。これ、普通の人間には読まれへんで。雷神さんがものすごい格式ばって人に物頼むときに使いはる書式や」

こちらを見る気配もなくそう言われて、王弁は反射的に首を縮める。

「なんや。先生はこちらのお弟子に内容教えたれへんのかいな」

「教えたところでどうにもならないからな。今回は」

(どうせものの役にも立ちませんよ)

心の中で舌を出す。

「いじけるな阿呆《あほう》。今回は、と言っているだろう」

他人がいるときはより厳しい。付け入る隙《すき》などまるで消してしまって、普通に話しかけるのすらはばかられる雰囲気だ。

「ほうほう、仙人はよろしいなあ。色断ちせんでもええさかいに」

王弁の顔をじっと見た僧侶はほうほうほうと哄笑《こうしょう》した。

「断ってもいないが繋《つな》げてもいないぞ。大体キミら仏徒が色欲断ちしてるのはそちらの都合でやっていることだろうが」

「これは手厳しいわ」

怒った様子も見せずまた頭を叩く。汗のしぶきがまた王弁の方に飛んできてたじろぐが、不思議なことにその汗は瞬時にして乾いて消えていった。

「で、結局どういうことが書かれてあったんですか」

こうなると王弁も気になって仕方がない。

「まずは長沙が旱《ひでり》になった原因から話しせんとあかんやろな」

不空は雨乞《あまご》いの名人として知られた高僧である。彼が長沙を訪れたとき、なぜその地に雨が降らないのかすぐにわかった。

「なんせ雨降らしよる神さんが留守しとるねん。しゃあないから護摩壇《ごまだん》設けてやなあ」

このあたり一帯を管轄《かんかつ》する雷王と直談判《じかだんぱん》に及んだのだという。

「そしたら雷の王さん、なんて言うたと思う？」

「さあ。駆け落ちでもしたか」

僕僕がなにげなくいった言葉に、不空はくぼんだ目を見開いて驚いた。

「なんでわかんの。そんなこと書状に書いてあらへんかったのに大したやっちゃな」

「最近の流行かもしれんな」

ちょっと微妙な顔をして僕僕は杯にくちびるを付ける。

「それでやな、潭州あたりに新しい雷神を派遣しようと思てたことは思てたらしいねん。何せ急なことやったさかい、引継ぎやらなんやらにえらい手間取ってしもたんやて。それに今回長沙に来たん、新人さんや」

（ああ、それで雨の調節とかうまくいかないんだ）

と内心一人で頷《うなず》いていると、僕僕のくちびるの端がわずかに上がっていることに気付いた。あくまでくちびるから上の表情が普通なのが憎たらしい。

（違うんだ。またばかにして）

「これでまだ腕が足らんとかやったらまだ何とかなるんやけどな。そうやない事情がからんどるから面倒くさいんや」

「それでキミは城外に助けを求めに出たんだな」

そういうこっちゃ、と頷いて不空は杯をあおる。

「都には金剛いうてわしのツレがおりますさかい、そいつと相談して何とかしようと思とりますねん」

と言う僧に、僕僕はそれでは街が沈んでしまうんじゃないかと言葉をかける。

「その通りや。わしらは雨呼んだり止めたり、多少の使い魔くらいやったら出せるけど、わが身の力で千里を飛んだりはでけへんさかいな。それにあんさんは仙界蓬萊《ほうらい》のお人やから、ご助力頼んだらあとあと祟《たた》りがこわいし」

「面倒くさいことだな」

僕僕も顔をしかめる。王弁の知らないところで、いろいろありそうな気配ではあった。

「しかしまあ、このまま長沙が水浸しになるのを見ているわけにもいくまい」

王弁は嫌な予感がした。

「弁」

不空について長沙へ入れと言われ、王弁はがっくりと肩を落とした。

「今回俺はお役ごめんだったんじゃないんですか」

「気が変わった」

僕僕は涼しい顔である。

「で、何をしてくればいいんです？」

「言われなくてもわかるだろう」

あきれたような顔を僕僕はしてみせた。

「あの雨、止めてこい」

と事も無げに命じた。

四

砰は今日も長沙へ降りようと支度をしていた。

土砂降りの雨の中、誰もいないぼろぼろの家の屋根に座って、空を見上げている少年がいる。自分が降りて行くのをただ待っている。

何をするわけでもない。ただ横に座って、下らないことをぽつぽつと話すだけだ。雷神の子供は遊びというものを知らない。生まれた時から、雷神の子は雷神なのだ。

「おい、どこに行く」

族長である父がきつい口調で呼び止める。

「どこって、約束を果たしに行くだけです」

「もうやめんか。長沙の街がどうなっているか、お前にも見えないわけではあるまい」

雷神の子には、まだ名前がない。彼らの一族は、一人前の大人と認められたときに初めて名前が与えられる。そしてまだ名前のない雷神の子は、人間の子供がつけてくれた砰という名を気に入っていた。

「街のことなんて知りません。俺はあいつとの約束を守るために下に降りるだけですから」

「ばかもんが……。人間との約束など適当に流しておけばいいのじゃ」

父は息子の比にならないほどの凄《すご》みのきいた顔と声をゆがめた。

「ふうん。父上は雷神たるものが交わした約束をそんなに軽くみておられるのですか。たとえ人間と交わしたものであろうと、約束は約束。そんなことだから浄土の使いにもなめられるのですよ」

「なんと無礼なことを。あの不空さまは……」

茹《ゆ》で上げたように父の顔は朱に染まる。

「はいはい、聞きたくもありませんね！」

なにか怒鳴りかけているのに耳をふさいで、砰は表に飛び出す。

(俺はあいつに願いを一つかなえてやるって約束した。そしてあいつは俺に、毎日遊びに来いって言った。だから仕方なく行ってやるんだ。行かないと、俺は約束を守ら

ない雷神ってことになっちまう）

そう自分に言い訳しながら、顔がほころんでしまうのを止められない。

（あいつ、一度雲の上に乗せてやれないかな。そうしたらいろんなところに連れて行ってやれるのに）

雨の中で話しているのも悪くないが、雲の上には無限の空がある。長沙の城内から見るものとは、また全然違うのだ。

体中に気合を充満させる。兄たちや父が持っているような派手な武器も楽器もまだない。唯一《ゆいいつ》与えられた宝貝は董虔の手中にある。雷神の子供は、雷を発して地上へと跳ぶ。

地面に両足がめり込む感触と、何かが壊れる音。その先には、嬉《うれ》しそうな友の顔がある。

「砰！」

屋根の上から声が飛んでくる。

「今日も来てやったぞ。約束どおりにな！」

嬉しそうに頷く笑顔が、強い雨の中に見えた。

不空と王弁は連れ立って長沙へと向かっている。

(雨を止めるんなら、先生が行けばいいじゃないか。前に神さまに用があるなら直談判するなんてこと言ってたくせに)

実際にそう言ってみたところ、

「ボクには特に関係ないことだからね」

とつれないお返事である。

「だって雷さまからお手紙まで来てたじゃないですか」

「手紙は来た。だからといってボクが動かなければならないという道理はない。しかしこういう話を聞いて、気にならないキミではあるまい?」

そりゃそうですけど、と口ごもる王弁に向かってにかっと笑った僕僕は、念を押すように、行って来いと肩を叩いたものである。

(有無を言わせないもんなあ)

はあ、とため息をつく。出かける際、僕僕は珍しく王弁を見送りに村の入り口までやってきた上に、

「キミはいくつだ」

と妙なことを訊《き》いた。

「こちらの年齢だと二十七になります」

「実際には多少ずれているんだよな」

「先生のいないころに別天地をあちこち回りましたからね。何歳かは若いはずです」

僕僕を待つ間、いくつかの騒動に巻き込まれて別天地へと赴いた際、現地では数日しか経《た》っていないのに、帰ってくると一年以上の歳月が過ぎていたことがあった。

「いずれにせよとりあえずは立派な大人なわけだな」

とりあえず、という言葉にやけに力を入れて言った。王弁からすると何となくあまりいい気分のしない力の入れ方である。

「大人のキミを、期待しているよ」

「大人の？」

「そうだ。大人として解決してこい」

そう言って送り出した。王弁は横を飄々《ひょうひょう》と歩いている、不空と名乗る骨皮和尚《おしょう》をちらりと見た。骸骨《がいこつ》のような顔には似合わないほど平穏な空気が全身から流れ出している。僕僕の言う仏界浄土がどういうところで、そこには何があるのか王弁は知らない。

しかし自分よりは明らかに頼りになりそうな気はした。

大人とはどういうものか訊《たず》ねてみる。僕僕が大人の標準と考えるのも妙な感じだし、父親が大人の代表ならあまり爽《さわ》やかとも思えない。

「大人、なぁ」

ほうほう、と何かもぐもぐと噛《か》み締めるように口を動かしてから、

「わしもよう知らん。わしはほれ、赤子のような心に戻ることを目指して修行しとるさかいな。逆戻りは難しいわ」

てんであてにならない。

長沙の街の周囲だけは相変わらず土砂降りの雨だ。やがて一歩進むにも難渋するほどの勢いになった。

「不空さん！　これは無理ですよ！」

自分の声も届かないほどの雨音である。

「がならんでもいいわい。なにが無理やねん」

細い骨ならへし折ってしまいそうな雨の中、不空は先ほどと全く変わらぬ飄々とした表情のままだ。

「だってこの雨……」

「そやった。あんた、僕僕先生の弟子やいうても仙骨も何もあらへんいうことらしいな」

ちょっと待っとき、と頭陀袋《ずだぶくろ》を王弁に持たせると、数珠《じゅず》をまさぐって何やら空を指で切った。ばしん、と耳もとで何かが弾《はじ》ける音がして、急に体にかかっていた雨の圧力が減じた。雨が体を避けていく。

「こ、これ……」

「心をうまいこと持っていったら、水も火も全然怖いことあらへん。問題は、この脆《もろ》い人間の肉体がどれだけ耐えられるかっちゅうことやけど。いまあんたにかけた術は、水避《みずよ》けのおまじないやとおもとき」

そう言って再びすたすたと長沙城に向けて歩き出す。

雨の壁がなければ、大して起伏もない平坦《へいたん》な街道である。ほとんど川になっている道も、不空と王弁の歩く足の周囲だけは水が逃げていく。

城内は寂として人の出歩く気配もなく、ただ土砂降りの雨だけが地面と建物を叩《たた》いている。

「どうしますか」

雨を止めろと命じられて来ては見たものの、よく考えるとどこをどう押せばこの大雨が止まるかまでは聞いていなかった。

「だから聞いとったやないか。これは王弁くんとこでもある問題やろ」

「ああ、親子の揉《も》め事……」

「せや。子供は子供の気持ちがわかる人間が行った方がええ。先生はあんたに任せたみたいやからな。わしは年寄り担当や」

「年寄り？」

「せや。依頼人はこの州のえらいさんや。降らせるだけでええと考えとったけど、降らせたら降らせっぱなしっちゅうわけにもいかへんわい」

不空は、城内でも特にみすぼらしい建物が集まる一角まで王弁を連れて行くと、ほなまた後でな、とその場を立ち去った。

(なにがいるんだろ)

こういう場所は知らないわけではない。かつて光州の西域酒場で働く楽人たちがこういう場所に詰め込まれるようにして生活していた。

「子供、子供……」

住民が姿を消した水浸しの貧民街の中を水を切って歩く。

ひときわ水はけが悪いらしい一帯でも、不空の術は効いているようで、水に飲まれることなく進むことが出来る。しかし人の気配すら消えている一帯は昼間でもやけに寂しい雰囲気に包まれていた。

そんな中、雨音に混じって、微《かす》かだが子供の話し声が聞こえてきた。

砰は、いつも自分を待っている少年に何か変化があったような気がした。

「どうしたの？　何かぼくについてる？」

董虔は頤《おとがい》から雨水をぽたぽたと垂らしながら、友達の雷を見てちょっと笑った。

「おまえの服、そんな上等なの持っていたっけ」

「持ってなかった。最近もらったんだ。ねえねえ、これ食べる？」

懐《ふところ》から菓子の入った小さな袋を取り出す。出てきた菓子は既に駄菓子ではなかった。

その甘みは上品で、少々の雨水では味が流れ出していかない。

「おいしい？　おいしい？」

「お、おう」

友が街のもっとも貧しい場所に住んでいることを、砰だって知っている。こんな上等な絹の服や、牙《きば》が落ちそうな甘い菓子を買えるような銭を持っているわけがなかった。

「ねえ、砰」

「なんだよ」

「この銀の叉《さ》、もう返してあげよっか」

なんだか嫌な感じだなと思ったら、不意打ちを食らわすような一言が飛んできた。全然平気だ。もともとこちらが弱みを握られて、来てやっているんだから、返してもらえばもう用済みだ。

「砰？」

雷神の少年は、とっとと返しやがれ、と言おうとしてその言葉がどうしても喉《のど》から出て行かないことに困惑していた。

「……別に、なんでもないや」

そう言うのがやっとである。

「どうしてだよ」

「え？」

「どうして返そうって思ったんだよ」

菫虔はそう問われて、嬉しそうな表情を浮かべた。なんだよ。そんなにこれを返して俺とおさらばするのが楽しいのかよ。と砰は段々と腹が立ってくる。

「どうしてだと思う」

「知るかよっ！」

思わず怒鳴ってしまった雷を見て、董虔はきょとんとした。

「だって、これがなくたって砰と一緒にいられるから」

今度は砰がきょとんとする番だった。

五

不空が通されたのは、刺史の客間ではなく、牢獄《ろうごく》であった。

「こりゃ《や》どういうこっちゃ……」

雨が止まずに困っているのは長沙である。不空は自分が降らせた雨がどうして降り続いているのかを知っている。そして止める方策も頭に思い浮かんでいた。あとは長沙の刺史がそれに協力してくれればそれで済むのである。

（長雨を降らした妖僧《ようそう》っちゅうことで頭にきとるんかいな。せやけどわしが雨を止ませに来たことくらいわかるやろに）

がりがりに痩《や》せこけた細い首を傾《かし》げて僧は考えこむ。

（惜しいことにわしには千里眼があらへんからな。せめてどうなってるんかわかったらええねんけど）

わずかに開けられた明り取りの窓は、小柄な不空のはるか頭上だ。雨音は相変わらず激しく、牢内の湿気は異様に多い。皮膚についた汗ではない水滴がぽたりと落ちていく。

(どないせえっちゅうねん)

不空はひじ枕《まくら》をして寝ることにした。

一方の王弁は、貧民街を歩いているうちに、屋根の上で話す少年二人を発見した。一人は仕立ての良い白い衣《ころも》をまとった少年。もう一人は黒地に金の縫い取りを施した衣を身につけている。

(あれが雷神の子供……)

額の角とその鋭い牙で、あきらかに人間ではないとわかる。

「ねえ」

王弁は遠慮がちに声をかけた。少年たちはぎょっとした顔で声のした方を見る。豪雨に沈みかけた街の中で、その声の主の周りだけが乾いている。自分を見た少年たちの表情に警戒の色が浮かぶのを見て、王弁は焦《あせ》った。

「雨を降らしているのは、そこの雷神さまかい」

二人は黙っている。まるでいたずらをしている現場を見つかった瞬間のように、表情が凍ってしまっていた。

(参ったな)

王弁はなんとか敵意のないことを示そうとするが、なかなか良い思案が思いつかない。とりあえずにこっと笑って手を振ってみることにした。

「ちょっとお話をしたいだけなんだ。聞いてくれないかな」

「やだ」

董虔はきっぱりした声で答える。

「そう言わないで話を……」

「道士の先生に、怪しいやつの言うこと聞くなって言われてるんだ!」

「道士の先生って誰?」

と王弁が訊きおわるより先に、白い衣の少年が雷様の手を引いて王弁の目の前に飛び降りた。そのまま話をしてくれるのかと思いきや、彼は王弁の横をすり抜けて走り出す。いきなりのことに、王弁はしばし呆然《ぼうぜん》としていた。

「どこ行くんだよ。なんで逃げるんだよ!」

砰は水しぶきを上げて走る董虔の背中に叫んだ。

「逃げるんじゃないよ。行くんだよ！」

「どこへ！」

「砗のいる世界へ」

意味がわからなかった。空の上は人間の住む所ではない。以前、砗なら自由に乗れる雲に董虔を乗せようとしたら、無様に底が抜けて落ちてしまったものだ。雲にも乗っていられない者が、雷神と共に生きていけるわけがない。

「なあ！」

砗はぐっと足を踏ん張る。小柄な雷の子供では董虔を止めきれないが、董虔の方が彼の意向を汲《く》み取って足を止めた。

「どういうことだよ。説明しろよ」

「ぼくね、九月九日生まれの九歳なんだ」

「そうだったの」

「昨日父さんがそう言ってた。だからお城に行くんだって。そうしたらぼくはお空に行けて、父さんは大金持ちなんだって。もう八方丸く収まるんだ」

友の嬉《うれ》しげな言葉にひっかかりを憶《おぼ》えながら、砗は何を言っていいのか言葉が見つからない。

董虔の話によると、数日前、大雨続きの長沙に一人の道士が現れた。彼は董虔の前に姿を現すとこんなことを言ったという。雨は天の陰。天の陰を晴らすには穢《けが》れのない強い陽気が必要。そして最大の陽数を三つも持つ少年はこの長沙の街に一人しかいない。

「それがこのぼくってこと」

「……おまえ一人で雨を止ませることなんてできないよ」

人の持つ陽数と天気は関係のないことはないが、ごく微かなものだ。人一人の陽気で天が左右されることはない。雷神にとっては説明するまでもない真理である。

「それがその道士さまは出来るんだって。その道士さまの言うとおりにしていれば、雨は止んで、ぼくは空の上に行ける。だから」

もう一度嬉しそうに、董虔は銀の叉を砰に返す。

「これはもう砰に返すよ」

砰は思わず受け取ってしまう。

二人は長沙城の官舎にたどり着いた。その前には一人の道士が立っている。長身の、すらりとした体を黄の道服で包み、その表情は白い布で覆《おお》われてうかがえない。

砰は腹の底から震えが来るようないやな感じを覚えた。

「来ましたね」

彼は董虔の方を見て肩を揺らした。笑ったのである。しかし硏のほうを見て、首をかしげた。

「どうして雷神の子がここに？」

「ぼくはもう銀の叉を返したんだ」

衣服がきれいになるだけで、こんなに印象が変わるんだ、と硏は不思議な気持ちで隣に立つ少年の、決然とした横顔を見上げた。

「ふうむ。あれは君の宝物ではなかったのかい」

「宝物だったけど、ぼくも空の上に行けるんでしょ？」

「もちろんだ。約束する」

「だったらもういらない」

道士は特に体を動かすこともなく聞き、では始めるとしよう、と董虔を中にいざなった。さらにいやな感じが大きくなって、思わず雷の子は友の袖《そで》を引き止める。

「大丈夫だよ。先にお空に帰ってて」

胸が痛くなるような笑い顔に、つかんでいた袖を放すしかなかった。

官舎の前でぼんやりと立っている砕に王弁が追いついた時も、土砂降りの雨は降り続いている。街は半ばまで水に沈み始め、わずかに残された犬猫だけが屋根の上で心細げに鳴いていた。

「あの友達はどこに行ったの？」

「知らねえ。変な道士が中に連れて行っちまった」

王弁が声をかけた雷の子の顔は、不安で青ざめていた。

「道士？　僧侶《そうりょ》じゃなくて？」

「俺を最初に呼び出した坊主《ぼうず》はこの城の中にいるけど、菫虔を出迎えたのはそいつとは違うぜ」

王弁は何故《なぜ》だか背中に震えが走った。何かがおかしい。

「なあ、あんたも道服着てるから道術使えるんだろ？　水避けの術も使えるみたいだし」

「え、いや……」

たしかに王弁の周囲にだけは水がない。ただしこれは不空の術である。

「あいつ、九月九日生まれなんだって。九月九日生まれだと、この雨を止ませて、俺と一緒に空に行けるなんてこと、本当に出来るのか」

「さ、さあ？」

目を白黒させている王弁に、小さな雷神は詰め寄る。

「……それなりの代価を払えば、自然がそれに応《こた》えてくれる時代はたしかにあったで」

「うわっ！」

王弁は思わず飛び退《さ》がる。

声が聞こえたのは、地面を流れる雨水からであった。

「ちょっと待っててや」

低きに流れるはずの水が少しずつ塊となって起き上がり始める。じれったいほどの速度で、それは人の形をとりはじめた。

「なんや知らんけど、いきなり牢屋に放りこまれてしもてな。出るのに難渋したわ」

ぴちぴちと肌がはちきれんばかりの肥満体である。

「誰？」

王弁の表情を見て、その男はげらげらと笑い、爪《つめ》で腹の辺りを突いた。おびただしい量の水が噴き出して、王弁にも見覚えのある人物に変わる。

「不空、さん……」

「ここの刺史も宗旨替えが早すぎるっちゅうねん。ほんで、この子がその雷様やな。それにしてもえらいかわいらしい」

不空が頭を撫《な》でようとすると、砕はいやそうに振り払った。

「まあ嫌われてもしゃあないか。人間の言うことを聞かなあかんなんて、いくら仏の思《おぼ》し召しやいうても気に食わんやろ」

さして気にする風でもない僧は、取り急ぎ状況を王弁から聞くと顔色を変えた。

「そらあんまええ気がせえへんな」

どういうことです？　と訊く王弁に、

「贄《にえ》を捧《ささ》げて天の意志を変えさせようっちゅうのは昔からようあるこっちゃ。せやけどそらもう古い。人と天がいけにえで繫《つな》がる時代はもう終わったんや。雨が降らへんかったら祈る。降っても祈る。祈ったら今度は人間の方で出来ることをする。祈りが届かへんかったらそれまでや。わしらがせなあかんのは、子供の心の臓をくりぬいて天に捧げることとやのうて、この雷のボンに帰っていただく方策を考えることのはずや」

「心の臓？」

不空が口を閉じるのと王弁が聞き返すのと彼の隣に立っていた少年が官舎の門に体

当たりするのはほぼ同時であった。

どか、という鈍い音がして小さな体が跳ね飛ばされる。

「やっぱり結界は張ってあるわな。用意のいいこっちゃ」

小さな体を何度ぶつけても、見えない壁に阻《はば》まれて進むことが出来ない。

「雷の子、やめとき。そんな力任せで行ってもあかん。こういう時は考え……」

と静かな口調でたしなめようとした不空の表情が固まった。

懐《ふところ》から、つい今しがた董虔に返してもらった銀色の叉《さ》を取り出した砰の体に稲妻が集まり始める。

「お、おい長沙城ごとまるまる壊す気かいな」

稲妻の密度が高まり、王弁の目は反射的に閉じられる。次の瞬間、頭が割れるかと王弁が思ったほどの轟音《ごうおん》が鳴り響き、彼は後ろに大きく吹っ飛ばされた。背中が壁にぶつかり、一瞬呼吸が止まる。

「こ、子供は無茶しよる」

不空のぼろぼろの袖が、黒焦《くろこ》げになってぱらりと落ちる。その袖に守られたことを王弁は知った。

「とにかく孔《あな》はあいた。わしらも行こう」

奥の方で再び激しい雷鳴が轟《とどろ》く。その直後に爆発音が立て続けにした。

「あかん。もう周りが見えとらんわ……」

歩調を上げる不空に、王弁もあわててついて行く。何が起こっているのかはわからないが、雷の少年と僧の様子から見て、どうにも良くないことが起こっているようだ。

いかずちで破壊された跡をたどり、やがて二人は屋敷の中庭にたどりつく。王弁がいた道観《どうかん》のものと似ているが、それよりさらに巨大な祭壇が据えつけられていた。

その祭壇の上には白い衣をまとった少年が横たわっており、道士の手がその胸の上にかざされていた。王弁はその道士の顔を見たことがない。額から下全体が白い布に覆われて、表情が見えないぶん不気味な雰囲気である。

「いやはや。子供というのは無茶をしますね。まさかあの結界をやぶってくるとは」

道士はあきれたような声で三人を出迎える。

一歩前に出た不空は険しい表情で面縛《めんばく》の道士を凝視した。

「誰やおぬし」

「人のために働く道を捜し求める者でございます」

道士と僧侶の巨大な気迫がぶつかり合って、王弁は思わず後ずさりした。

「なんや臭《にお》うな」

という不空の言葉に、

「あなたさまよりは清潔にしておりますが」

と冷笑が返ってきた。不空は挑発に乗らず、ゆっくりと歩を進めて間合いを詰めていく。

「やめんかいな。おぬし、その子の心の臓なんか得てどないすんねん」

「ちょっと作りたいものがありましてね。おっと、私に危害を加えようとすれば長沙の刺史が黙っていませんよ。民のために働く道士の妨害をしたとあれば、仏徒の立場にも良くはありますまい」

不空は思わず言葉に詰まる。

「ご心配なく。雨はまもなく止《や》むでしょう。それにそこの雷くん。あなたも動いてはいけませんよ」

いまにも董虔のところに走り寄りそうな研を、道士は牽制《けんせい》した。

「今すぐ、この少年の命を天に帰してあげましょう」

ずぶずぶと道士の手が胸の中に沈んでいく。それは決して雨を止めるよう天に祈るものにも、人々の想《おも》いのこもった神聖なものにも、王弁には見えなかった。

「ほうほう、これは思った以上に素晴らしい……」

胸にさしこまれた手が引き上げられると、その手には脈打つ心臓が握られていた。

「これほど清らかで強い陽気を持つ心の臓など、普通の人間にはなかなかない」

そうつぶやくと、にこりと微笑《ほほえ》んで王弁たちを見た。

「これで私の仕事は終わり。この少年の魂と肉体は苦悩渦巻く世俗を離れて空へと還《かえ》り、雷の少年は長沙にいる意味を失う。そして長雨は止んで、めでたしめでたし」

その身勝手な言い草に、王弁の中にこれまで感じたことのない感情があふれ出す。

「なわけあるか！」

王弁は思わず怒鳴ると、懐中の短剣を投げつけていた。到底人を殺傷する力のない、ただ投げつけただけである。しかし王弁はがまんできなかった。相手が僕僕と同じく、道術の徒だとしても、許すことは出来ないと思ってしまった。

「嚇《かっ》！」

雷の少年が怒りの咆哮《ほうこう》とともに、友から返してもらったばかりの宝貝を大きく振りかぶる。雷神の怒りに共鳴するように青白い閃光《せんこう》をまとった銀叉は、雷鳴と共に一直線に飛び、道士を貫いた。

「やれやれ、こんな子供一人にむきになって。まあいいでしょう、これくらいの心の臓ならいずれどこかで出会えるかもしれないしね」

壁まで吹き飛ばされ、一度あお向けに倒れた面縛の道士だったが、さして痛みを感じた風でもなくぬるりと立ち上がった。

そしてぽんと少年の心臓を放り出すと、道士は姿を消した。孔に吸い込まれる布切れのように、ゆがんで消える姿が王弁には気味が悪い。

「おい、王弁くん、あれ見てみい！」

不空が董虔の心臓を抱えた砰を指さす。その小さな体からは濛々《もうもう》と煙が吹き上がっていた。

「雷の陰と少年の陽が食い合っとるんや……」

雷神の子供はその心の臓をもとあった場所に戻そうとしていた。吹き上がる煙は激しくなり、雷神の手は焼け爛《ただ》れつつあった。

「不空さん、このままじゃ……」

王弁は不空の肩をつかんで助けを求める。僧侶は目を細めて王弁を見た。

「お前さん、ちょっと血をくれんか」

「血？」

「お前さんの目には見えへんかも知れんが、雷の抱えている心臓と少年の体はまだ血脈でつながっとる。しかしあの道士が無理やり引き剝《は》がしたもんやから、同じだけの力で戻したらんとあかん」

「それで、あの子は助かるんですか」

「わからへん。せやけどお前さんの血を借りたら、可能性は上がる」

不空の声は力強い。

「どうしてです？」

「それを説明してるヒマはあらへん」

一瞬のためらいの後、王弁は自らの腕を差し伸べていた。

「よくわかりませんが、やっちゃってください！」

不空は王弁の手首あたりに爪を当てた。小さな血の粒が盛り上がったかと思うと、轟々たる水音を立てて不空の口に入りこむ。一気に全身の力が抜け、王弁は座り込んだ。

「雷の子よ、受け取れ！」

不空は体内を一巡させた王弁の血液をぷっと霧状に吹き出した。僧の頭上に真紅の水球が現れて飛び、董虔と砰を包み込む。王弁はその光景を見ながら、気が遠くなっていくのをぼんやりと感じていた。

六

幼い頃の夢を見ているんだな、と王弁はどこか冷静に理解していた。

暖かい手のひらが、自分の小指を握っている。早くに母を亡《な》くした自分には、こうしてくれる人がいなかった。だからこれは夢だと、自分に言い聞かせるしかない。

「まったく、子供の大暴れに付き合って力任せなんて、ボクはあきれるばかりだ」

それに、母にしては辛辣《しんらつ》な言葉が降ってくる。

瞼《まぶた》を開くと、すぐそこに美しい師が座っている。王弁は、手のひらから流れ入ってくる何かが、その人からのものであることを理解した。

「ボクがキミに期待していたのは、ことの道理を考えて言い聞かせ、雷神の子に長沙から去ってくれるように頭を使って説得することだったんだ。それを子供の約束に引きずられ、あまつさえ自分の血まで半分消し飛ぶような術に手を貸して。もし万が一のことがあったら、師として未来永劫《えいごう》笑いものになるところだったんだぞ」

(ああ、そうか。先生は心配してくれたのか)

王弁はなんだか嬉《うれ》しくなってもう一度目を閉じる。

「あいたっ！」

おなじみの痛みがつむじのあたりを急襲した。

「ボクは心配しているんじゃなくて怒っているんだ。説教をするにも、相手が死んでいては無理だろうがこのあほ弟子。子供っぽいのも年齢《とし》相応にしておかないと見苦しくなる」

身を起こすと、不空もいてにやにや笑いながら杯をなめていた。

「不空さん、あの子たちは？」

気付くと、王弁は長沙城に程近い船着場に停泊した船の上に寝かされていた。

「二人で一緒に空に帰ったで」

「てことは、あの人間の子は死んで……」

「あわてたらあかん。雷神のおる空と、死んで上がる空は別もんや。わしは一緒に、て言うたんやで」

王弁の血と不空の術。そして砰の力で、一度取り出された董虔の心の臓はあるべき場所に戻った。しかし目覚めた董虔の肉体には異様な変化が現れていたのだ。

「角に牙《きば》、ですか……」

「まあいろいろと特殊な出来事やったからな。何が起こるかわからんかったけど、あの人間の子に雷神の魂魄《こんぱく》が混じるとは思わんかった」

「キミもボクに無断で弟子の血を使うのやめてくれるか」

僕僕は顔をしかめて苦情を言う。

「わしも泡食ってたけどな、王弁くんからあんな勢いのある虚無が飛び出してくるとは思わんかった。図抜けた陰と陽を包んで余りある力量やったで」

「ふん」

なぜか師は苦虫を噛《か》み潰《つぶ》したような顔をしてそっぽを向いた。

王弁は二人の会話がうまく理解できない。しかしそんなことより、あの少年二人は仲良くやっていけるだろうが、雷の世界でうまくやっていけるのか、そのほうが心配だった。

「仙人になる資格もないくせに、仙人にくっついている人間もいるんだ。雷とうまくやっていける人間がいてもおかしくない」

僕僕がつっけんどんな口調で言った。

「そうやな。壁を越えるもんっちゅうのは、意外と身近なところにあるんかも知れへんわ。誰でも修行しだいで往生できるとか言いながら、すっかり忘れとった。一生修行せなあかんわなあ」

ふと王弁が気付くと、僕僕の手はまだしっかりと王弁の小指を握っていた。そこから流れこんでくる暖かい何かを感じながら、空を見上げる。合掌する不空の痩《や》せた肩越しに、長沙城が見えた。厚く覆《おお》っていた雲は消え、夏の気配をまとった青空がどこまでも広がっていた。

飄《ひょう》飄《ひょう》薄《はく》妃《ひ》

王弁、熱愛現場を目撃する

一

潭州《たんしゅう》の中心都市、長沙《ちょうさ》で存分に働いた王弁は、少々ご機嫌である。

一行はさらに南へと歩を進め始めた。あてがあるようであてのない二人だけの日々は、王弁にとっては最高の旅路だ。

血が半分抜かれてふらふらになるというおまけがついたが、僕僕といる安心感が彼からすでに恐怖を取り去っている。

「この調子で各地の災害地を周《まわ》るか。さぞかし世間に感謝されるぞ」

「う、それは実に素晴らしいことですけど、ほんとにたまにでいいと思います。それにあまり目立ちそうなことをするとまた……」

かつて僕僕を捕縛《ほばく》しに来た李休光《りきゅうこう》のようなやからが出てこないとも限らない。

「そういう厄介なのは目立とうが目立つまいが、律儀《りちぎ》に出てくるぞ」

「そりゃそうかもしれませんが」

もちろん、長雨が去って喜ぶ人の顔を見るのは悪くない気分だ。でもそんなにしょっちゅう働くと疲れて仕方がない。

それでもご褒美《ほうび》を思い出すと迷いもある。小指を握ってくれた僕僕の指先はこれ以上なく優しく、そして柔らかかった。あまりにもったいないから、寝ないでいようとしたが、耐え切れなかった。

(寝ていても幸せだったぁ……)

「いてっ!」

幸せな思い出を反芻《はんすう》している彼の顔を、何かもさもさしたものが張った。

「第狸奴《だいりど》、こいつの顔がだらしがないのは前からだ。今さら活をいれたところでどうにもならないよ」

王弁の頭にかぶりついている猫のような狸《たぬき》のような生き物は、苛立《いらだ》っている。僕僕の身辺にいることにかけては、王弁はこの獣の足元にも及ばない。僕僕が望めばその身を庵《いおり》に変化《へんげ》させて住処《すみか》となり、そうでないときは僕僕の懐中で寝ている。

「なんか怒ってません?」

「最近あまり出番がないからな。こいつは働き者なんだ。キミとは大違いだよ」

「怠け者でどうもすみませんね」

道は湘水《しょうすい》と漉水《ろくすい》の交わる株洲《しゅしゅう》にさしかかる。漉水の黒い流れと湘水の黄色い流れがせめぎあって、二色のまま流れていた。このまま湘水に沿って南進すれば衡州《こうしゅう》へ、漉水に沿って東へ行けば醴陵《れいりょう》へとたどり着く。

「たまには気分を変えて第狸奴にも世話になってみるか」

吐き出されたり締め出されたり、とあまりいい思い出のない生き物の家ではある。それでも、使われない寂しさもあるのだろう、と王弁は自分を納得させた。

「じゃあ醴陵に行こう」

「南じゃなくていいんですか」

「だから気分を変えて、って言っただろう。ここ最近ずっと南ばかり向いて歩いているからいい加減に飽きた。方位は六十四もあるんだから、少しは違うほうに向いたってばちは当たるまい」

「はあ、よくわかんないですけど」

弟子は適当に相槌《あいづち》をうつ。

今度は釣り竿《ざお》が頭を厳しく叩《たた》いた。頭の上に乗っかっていた第狸奴はすっと肩に降りて、竿が頭から離れるとすぐにまた王弁の頭の上に戻っている。

「痛ぁ……」

「醴陵はその昔、とある王の陵の傍らからでた井戸水が醴、すなわち甘酒の味がしたという由来があるそうだ。素晴らしいな」

うらめしそうな弟子の目線をきれいに流して、僕僕は前を向いた。

淥水は袁州《えんしゅう》の萍郷《へいきょう》付近を源流とし、江南《こうなん》の西部を西に向かって流れる急流だ。醴陵の街近くにそびえる王喬山《おうきょうざん》と合わせて、なかなかの絶景を作り上げている。

「久しぶりにこちらに来ると、やっぱり雰囲気が違うね」

「そうなんですか」

「知らない世間を知るのは何より楽しいことだが、経験を反芻するのもたまには悪くない」

王弁は国内を周ったこともない。五年前に僕僕と都に行ったのが初めての遠出であったから、河北《かほく》や中原《ちゅうげん》の風景しか知らない。緑の濃い江南地方は、淮南《わいなん》とはまた違った豊かさにあふれていた。

「第狸奴を使うのだとすると、飯を用意しなければならないな」

「釣りですか」

「洞庭湖《どうていこ》ではさっぱりだったからな。再戦といこう」

旅の途中、湖畔の風景を愛《め》でながら釣り糸を垂れたこともあったが、そのときはボウズだった。

漉水は湘水の支流とはいっても、幅は二十丈はあるそれなりの河で、対岸がわずかにかすんでいる。

「かえってこれくらいの河の方が、身のしまった味のいい魚がわんさかいるもんだ」

仙人でも釣り場を外すことがあるらしいことを知った王弁は半信半疑である。ただ、山間の渓谷を流れる風は冷涼で心地いい。

「さあて、今度はがんがん釣るぞ」

僕僕は胴震いをして気合を入れる。

「今度は？」

と半畳《はんじょう》を入れると、キミは外で寝たいのか、と反撃が飛んできた。

醴陵の街までは三里ほどの川岸である。ところどころに柏の木が植わっていて、さわさわと涼しい風に吹かれている。日差しも柔らかく、竿を垂れていると思わず眠気におそわれてしまう。

「先生、調子はどうです……」

眠気覚ましに、二丈ほど川下で釣り糸を垂れていた僕僕に話しかけようとして、そこにいないことに気づく。

「あれ？　どこ行っちゃったんだ」

とあたりを見回していると、頭の上に乗っていた第狸奴がちょいちょい、と前方を指した。僕僕はいつのまにか対岸の、ちょうど王弁の正面あたりに座っていたのである。

「こういう時便利だよねえ仙人は」

おそらくこの程度の川幅なら吉良《きら》でひとっ跳びなのだろうが、肝心の天馬は腹を見せて熟睡中である。

「馬の寝姿じゃないよね」

王弁はため息をついて竿先を見つめた。

後ろからはふうふうという吉良の鼻息が聞こえてくる。そういえば吉良がいびきをかいて寝るなんて珍しい、と微笑《ほほえ》ましい気分になる。しかしその微笑ましい気分は、微妙に変化をきたしてきた。

(具合でも悪いのかな)

息が荒い。

はあはあふうふう、という息遣いはふいごのように激しくなり、まるで人の声のようなあえぎ声が混じり始めた。

(俺の欲求不満もそこまできてるんだろうか。吉良の寝息がそういういやらしい音に聞こえるなんて)

僕僕が近くにいなくてよかったと心から思う。荒くつやっぽい息遣いは徐々に大きくなり、睦言《むつごと》のような会話すら聞こえてきた。

(まさか先生の悪戯《いたずら》……)

僕僕は対岸に座り、のんびりした表情で川面《かわも》を見つめている。

(じゃなさそうだ)

恐る恐る後ろを振り返ってみると、すぐ近くに吉良の顔があって、竿を取り落としてしまいそうになった。

「うっわ！　びっくりさせるなよ」

吉良が目を覚ました後も、そのあえぐような息遣いは聞こえ続けている。

「ええっと、ちょっと用足しに……」

誰に言い訳しているのかよくわからない言葉を口にしながら、王弁はそっと竿を河原に置く。

「もしかして病人だったらまずいしさ。ね？」

と馬に向かって強調する。

こんな河原で病に倒れた人がいるなら介抱して差し上げなければならない。決して何か色めいたことがあったら見てみたいなどという助平根性は毛頭ございません、と口の中でごにょごにょつぶやく。

「吉良、静かにね」

寝起きの天馬は、半目のままぼんやりと立っている。王弁の頭の上に乗っている第狸奴も気配を感じ取っているのか、静かにしている。

耳を澄ませると、静かな河の音と山の間を吹き抜けてくる風の音と共に、明らかに人間が発している湿り気を帯びた音声が聞こえてくる。

(……こっちだ)

王弁が釣り糸を垂れていた場所から数間離れたところに、柏の若木が茂みのようになって生えている所があった。その茂みの周囲にはさらに密生した背の高い草の群れがあって、向こう側が見えなくなっている。

(そおっと、はい、そおっと)

猫のように腰をかがめ足音を殺しその場所へと近づいていく。

茂みに近づくにつれて、確かにその中に人がいることがはっきりしてきた。影がちらちらと動いて、何かが起こっている。声もいよいよはっきり聞こえてきて、若い男子代表の王弁は腰を引きながら歩くしかない。

（もうちょっとはっきり……）

と背の高い草に手をかけた途端、へぶしっ、と不必要に大きな破裂音が耳もとでした。色々な音が一斉に止まる。

一瞬動きの止まった茂みの向こう側で、ばたばたと身支度をするような音がして、二人分の足音が遠ざかっていった。

妃「あーあ。吉良、頼むよ。折角のいいところで……」

薄と後ろを振り向くと、僕僕が周囲の温度を間違いなく下げるような顔で立っていた。

飄「ボクは確かに言った。男女の営みやそれにまつわる燃えるような感情は正しいものだ、とね。でも他人のそういった行為をにやにやしながら覗《のぞ》き見することを教えたわけじゃない」

飄あの、その、と言い訳を始める前に、竿が頭に降ってきた。

二

第狸奴がいくらなついたといっても、それは所詮《しょせん》僕僕先生の所有物である。第狸奴が姿を変えた庵に王弁は結局一歩も入れてもらえず、一人寂しく外で夕食をとる羽目になった。

「別にそういうことに興味があることはちっとも構わない。健康な証拠だが、よく考えてもみろ。弟子が昼日中から、目の前で、鼻の下を伸ばしながら人の情交をのぞきに行くのを川向こうから見なければならない師匠の無念を。ボクは情けなくて涙も出ない」

日もすっかり暮れ、夜風が寒いと感じる頃にようやく第狸奴の門を開けた僕僕は、珍しく長めの説教を王弁に垂《た》れた。

腰に手を当てたえらそうな様子ですら、なにか甘美な露《つゆ》がそこからしたたってくるようで、彼はうっとりとなる。

(ああ、なんか可愛《かわい》いなあ)

ぼへーっと師匠のくちびるを眺めていると、ぎゅうぎゅうと両頬を引っ張られる。

「キミは本当に外で寝たいみたいだな」

「ごめんなさいごめんなさい！」

必死で謝る。さすがに一人で野宿はごめんだ。

「まあいい。第狸奴もかなりキミになついた。なんとキミの部屋を用意してくれているぞ」

「それはざんね……嬉《うれ》しいです」

「言っておくが、部屋が一つならキミは軒下で寝ることになるんだから、変な考えを起こさないことだ」

（つい考えてしまうのは仕方ないよね。俺も若いんだし）

ふう、と王弁は心の中でため息。

二人の関係は最近師弟で固定である。僕僕も以前のようにかわいらしく甘えてくるというより、師としての顔をよく見せる。

（別に悪くはないけど、ちょっと物足りないよな……）

第狸奴の用意してくれた部屋は実に行き届いたもので、床の寝心地もすばらしい。一度入ると厠《かわや》に行きたいと申告しない限り内側から扉が開かないようになっているのも、すばらしい。

「ほんと、よく出来た生き物ですこと」

ふかふかした寝床の上に大の字になる。

（それにしても、今日のあの二人……）

どんな顔をしているのか、どれくらいの年恰好《としかっこう》なのかもはっきりわからなかったが。

衣擦《きぬず》れの音、荒い吐息、内容まではっきりわからなかったが交わされる熱い睦言。そういうものがあると知識では知っていても、実際にあんな近距離で見るのは妙な感じであった。

(俺もいつか先生とそうなれるのかなあ。最近もう無理な気がしてきた)

妄想《もうそう》が高まれば高まるほど、逆に弱気になっていく。王弁は悶々《もんもん》としてなかなか寝付けなかった。

一晩経《た》つと、僕僕の機嫌はすっかり直っているように見えた。

「どうだった。第狸奴の中の寝心地は」

「快適でした。でもこの子の中で寝てたなんて、いまいち信じられませんが」

第狸奴は何を気に入ったのか、王弁の頭の上に座っている。首は凝るが、かつて撫《な》でようとして牙《きば》を剝《む》かれていたことを考えれば格段の進歩ではある。

「仙界蓬萊《ほうらい》や神界紫微《しび》の生き物にはいろいろと面白いのがいるからな。いずれ弁も目にすることがあるだろう」

今の王弁は、多少のことなら知っている。自分の住む天地以外に世界があることを僕僕に教えてもらったし、その僕僕がいない五年間にも、それなりに見てきた。

「そうだ。キミがもう少し成長したら、また一緒に行きたいものだね」

僕僕がどこまで連れて行ってくれるのか、皆目見当もつかない。だから毎日が面白くて仕方がない。

ただ、今はこうして大陸を旅しているだけで十分満足なのだ。

「醴陵までもう少しだ」

袁州との境界に近い古くからの街は、後漢の時代には既に県が置かれていた南方の要衝である。丘陵地帯を拓《ひら》いて発展しているため、城壁も多少波打って見える。

城門は光州や潭州よりもかなりこぢんまりとして、ひなびた田舎町の風情《ふぜい》である。行きから商人の数も大きな城市に比べると少なく、城市特有のにぎやかさもなければ、ぎすぎすした雰囲気もない。

「どうする？　こういう街も悪くないが、しばらくは第狸奴を使うか」

「だって。どうする？」

王弁は頭の上で寝ている、猫だか狸だかよくわからない生き物に声をかける。家に変化してくれる重宝な生き物は、王弁の頭をかりかりと爪《つめ》でひっかいた。

「あいたたた。先生、こいつはいやみたいです」

「わかってないな。ご機嫌な証拠だろう。よし、じゃあ寝泊りは城外ですることにして、飯だけは中で食おう。まずは名前に醴の字を冠する街の酒を堪能《たんのう》しないと。醴酒といえばあま酒だ。ここは佳酒の街だぞ」

そこは外せないらしい。

「それに江南は臘味《ろうみ》が名物だ」

「臘味？」

「このあたりはじめじめした気候が続くからね。肉を長くもたせるために塩をして煙で燻《いぶ》すのさ」

「ああ、燻製《くんせい》ですか」

「肴《さかな》にいいぞ」

僕僕はぺろりとくちびるをなめた。仙人の頭の中は酒と肴で一杯である。

城内もごく狭いが、さすがにこのあたりの物資が集積するだけあって、市《いち》はなかなか立派なものが開かれている。酒楼もそれなりの造作《ぞうさく》をしたものが数軒あり、僕僕はいつもと同じく飄々《ひょうひょう》とした表情ながら、軽い足取りで一軒の店に入った。江南のせわしい訛《なま》りが充満する、地元客の多い店だ。

既に彼女は、王弁と年齢の近い若者の姿に変化している。

「主人、臘味合蒸に臘八豆《ろうはっとう》。それに酒を二斤《きん》頼む」

僕僕の注文に、主人は愛想よく返事をし、早速酒甕《さかがめ》を持ってくる。

「お客さん、どこからだい。このあたりの人じゃないのに通だね」

「淮南からさ。我らは旅の薬師《くすし》でな。江南もなじみなんだ。このあたりの味が好きでよく来るんだよ」

僕僕が闊達《かったつ》に答える。

「それはそれは」

故郷の味覚を誉《ほ》められて悪い気のするものはいない。主人は八の字眉《まゆ》をさらに下げて、一度厨房《ちゅうぼう》の方へと戻った。

「もしかしたらもう一品よけいに出てくるかもしれないよ」

若者姿の僕僕が、王弁にちょっと顔を近づけて含み笑いをした。

もち米を醸《かも》した酒は淮南にもあるが、それとはまた少し風味が違う。王弁には、より濃厚に土の匂《にお》いがするような気がした。

「はい、臘味合蒸お待ち！　それでこれは、おまけね。淮南からわざわざうちに来てくれるなんて、こりゃあきっといい縁分《えんぶん》があるに違いない」

「おお、これはありがたい。主人と店の隆興に乾杯させてもらうよ」

僕僕が絶妙の合いの手で杯を挙げる。

「ほれ、弁も」

と促されて、王弁もあわてて杯を挙げた。主人はすこぶる上機嫌になって奥へと帰っていく。

「醴陵にいる間はここで酒を飲むことにしよう。ああいう呼吸をわかっている人間が店を取り仕切っているところに外れはないからね」

「確かに」

光州《こうしゅう》で王弁がなじみにしていた西域酒場も、あの如才ない女主人がいたからこその快適さがあった。

「で、これは何の料理なんです？」

三皿出てきたが、どれも彼にはなじみのないものばかりである。

「ボクが頼んだこの臘味合蒸は、このあたりの名物である燻製を三種、一つの器に合わせて鶏湯、豚脂、黒糖と共に蒸し上げた料理だ。互いの味が互いを引き立てて、これ以上のものはない」

「じゃあ、この小皿二つは？」

「こっちの細かい切り身が入っているほうが田螺《たにし》の味噌《みそ》炒《いた》め。こっちは、弁でもわかるんじゃないか」

細くて腿《もも》の肉付きが良く、膝《ひざ》のところできれいに曲がっている。

「蛙《かえる》、ですか？」

「そのとおり。味が鶏に似ているから田鶏という。どちらも大蒜《にんにく》を使って肉の味を引き出すと共に、紫蘇《しそ》を使ってさっぱりしたものに仕上がっているよ」

僕僕はそう解説しながらも、ひょいひょいと口に運んでいく。光州でも蛙や田螺を出す店があることは知っているが、食わず嫌いで口にしたことがない。だまされたと思って喰ってみろと言われ、おそるおそる口に運ぶ。

「どうだ？　騙《だま》されたか？」

「いえ、正解でした」

そうだろうそうだろう、と僕僕はますます上機嫌だ。

(これで先生がもとの姿だったらどんなに酒も旨《うま》いか……)

色男と飲んでも嬉しい趣味のない王弁はため息をつく。

「普段のボクとこんなところにいたら、キミは人攫《ひとさら》いかと思われるぞ」

「ごもっともで」

「それとも何か？　後ろの二人連れみたいに、こういうところでもいちゃいちゃしたいのか。見てみろ」

にやにやしている僕僕に促されて後ろを振り向くと、聞き覚えのある声だ。空いている卓を一つ挟んで、昼間見た若い男女が一組、実にいい雰囲気で酒を酌《く》み交わしていた。

「あんまりじろじろ見るな。みっともない」

「見ろって言ったの先生でしょ」

目線を向けているのを悟られないように、もう一度こっそりと見る。恋人どうしらしい二人連れは、やはり場もはばからずに見つめあい、微笑《ほほえ》み合っている。しかもよく見ると、二人の手は机の下でなまめかしく戯《たわむ》れていた。

（よくやるなぁ）

人前でなくても怖くて自分からは積極的な態度をとれない王弁には、ある意味うらやましい光景でもある。

周りの客も無関心を装《よそお》いながら、熱烈な二人にちらちらと視線を投げかけている。だが愛し合う二人には一切の雑音が入らないようで、周囲を気にする様子はない。

「うわ、これはすごいな」

僕僕は身を乗り出すようにして見ている。己の杯で相手の口に酒を注ぎ、己の箸《はし》で相手に料理を食べさせている。目のやり場に困るような仲むつまじさであった。

「弁、すごいぞ。このままここで色事を始めそうな勢いだ」

王弁の真後ろにその二人がいるため、いくら当人たちが気にしていないといっても ずっと見ているわけにはいかない。僕僕の座り位置からは、その熱愛の様子をかぶりつきで見ることができる。

「……ん？」

子供のようにはしゃぎながら見ていた僕僕がふと表情を改めた。

「どうしました」

「……」

乗り出していた身を椅子《いす》に戻して、二人の様子を静かに観察している。田螺の炒め煮をぱくぱくと口にしながら、冷ややかになった目だけは恋人たちのほうを見ていた。

王弁は何が起こっているのやらと後ろを振り返ってみるが、二人の様子はさきほどのまま、見ていられない仲の良さである。

「弁、もっと食べろ」

熱愛の様子から目を離さないまま勧めてくる。

「はあ、食べますけど」

料理も酒もいい仕事をしているのに、僕僕は難しい顔で自分の後ろ側を見たままだし、その後ろからはうふふきゃっきゃっと甘ったるい会話が聞こえてくるので、口に入るものに集中できないのが残念である。

「ありゃ、もうなくなった」

ちらちらと後ろを気にしながら皿に箸を伸ばしていると、何も食材に当たらなくなった。僕僕が全《すべ》て平らげてしまっていたのである。

「先生？」

僕僕は箸を咥《くわ》えたまま、じいっと二人を見つめたままであった。

三

城外に出て滙水の河畔で庵に変わった第狸奴の中に入った後も、僕僕は難しい顔をしたままであった。姿はいつもの少女姿に戻っている。

「どうもおかしい」

「おかしい？」

「弁はあの二人を見てどう思った」

どうもこうも、見れば目玉が溶け落ちるかと思うほど熱い恋人達である。出来ることなりあやかりたいものだ。

「キミの阿呆《あほう》は不治の病だ。天灯《てんとう》に願をかけたくらいではどうにもならないらしい」

熱さが伝染してふわふわしている頭に言葉の冷水をぶっかけられる。それにしても、そこまで言うことないじゃないかと、王弁はちょっとむかむかした。しかしその怒りを押し流すように、

「それよりあの男、死にかけているんだぞ。わからなかったか」

と驚くべきことを言う。

「まさか。すごく元気そうだったじゃないですか」

あの後店を出てから二人がどういう風になるのか、想像するだけで顔が火照《ほて》ってくる。

「いや、間違いなく彼の心身はぼろぼろだ。確かに色情にうつつを抜かしている者は、人よりも早く老いる。が、あれはちょっと度を越している」

「てことは、あの女の人は妖怪《ようかい》か何か？」

人の精を吸い取って自らの活力にする化け物の話を王弁も聞いたことがある。

「それが違うからわからないんだ。普通あやかしの類《たぐい》であれば、人間と違う魂魄《こんぱく》を持っている。ボクにはその違いがわかる。でも彼女の魂魄はごく普通の若い女と変わら

ない」

「ことは、お盛んなんですね」

僕僕はあきれたように手のひらで顔を覆《おお》った。

「……そうじゃない。荒淫《こういん》は主に男の体を損なうが、その相手となる女の体にも変化を起こさないわけではない。なのに女の魂魄は普通すぎる」

片方普通なら大丈夫なんじゃないだろうか。色事にうとい王弁は首を傾《かし》げる。

「わかった。彼氏の方は寿命が近いとかですか」

「寿命が近かろうが何だろうが、命が終わらない限りは生きているんだ。やつの魂魄からは間違いなく死臭がしている」

とんでもなくおかしいことに全く興味を持たなかったり、どうでもいいようなことに強い関心を示したり、僕僕の行動はやっぱり王弁にとって謎《なぞ》が多い。

「だってそうだろ？　人間が出し入れする精気の量なんてたかが知れているのに、その限界を超えて垂れ流しているような男がいれば気になるじゃないか」

聞きようによっては何か卑猥《ひわい》な表現だ、と彼は妙な感想を抱く。すると、

「それはキミが今そういう卑猥なことに敏感になっているからさ」

「……」

考え事に熱中しているようで、ちゃんと中身をさらっていく。最近これが快感になってきているのが、自分でもおかしかった。

「とにかくちょっと気になるな。弁、明日キミはあの二人を見つけて、まず男の方を調べてみてくれるか。ボクは明日一日出かける」

そして翌朝。相変わらず悶々《もんもん》とした気持ちが夜になると湧《わ》き上がってくる王弁は寝不足気味である。体を起こして部屋から出てみると、すでに師の姿はなかった。僕僕は寝ている王弁をほったらかしにしてどこかへ出かけているらしい。

（やけに熱心だなあ。先生もああいう熱い二人を見てると血が滾《たぎ》ったりするのかな。弁、ボクはもうがまん出来ないんだ、とか言って迫ってきて……いや、やっぱりないな）

われながら悲しい妄想《もうそう》を頭に思い浮かべて、ときこきと首を鳴らす。

彼がお茶をすすり、顔を洗って表に出ると、第狸奴がもとの姿に戻って頭の上にちょこんと乗った。吉良の姿もないから、僕僕が乗っていったらしい。

「さて、さすがに朝っぱらからいちゃいちゃしていることはないだろうけど」

手がかりといっても、逢瀬《おうせ》を目撃した河原か、あの居酒屋くらいである。

(よし。河原でもう一眠りしよう。もしかしたらあの二人も来るかもしれないし)

居酒屋が開くのは昼を過ぎてからだ。

王弁はてくてくと城外に出、緑の敷布で覆いつくされたような河原に寝転がって空を見上げた。醴陵の風はどうも眠気を誘う、ちょうど良い涼しさである。

「第狸奴、お日様が頭の上に来たら起こして……って寝てるのか」

彼の頭の上にいる小動物は、仕事を終えて小さな寝息をたてている。

考えてみれば、中にいる人が寝ている間が第狸奴の仕事時間なのである。王弁は子猫と子狸を足して二で割ったような生き物を起こさないようにして、川べりのくさっぱらに寝転がる。腹の上にそおっと第狸奴を置きなおして、目を閉じた。

漉水の上流からさわさわと柔らかい風が下りて来て、まだ全力でない太陽の光が東の方向から差している。第狸奴の乗った腹も温かく、王弁の意識はあっけなく落ちていった。

これが夢だとわかる夢がある。

いやらしい夢を見ているんだ、と王弁にはわかった。

若い男女が絡《から》み合っている。それは昨日見た二人なのか、自分と僕僕なのかもわからない。ぼんやりとした、湯気の向こうから幸せそうな嬌声《きょうせい》が絶え間なく聞こえてくる。

（悪くない風景だよね）

愛し合う二人が体を重ねる。先生もそれは健全な感情なんだって言っていた。なのに王弁と僕僕は、まだ正式には交わっていない。

（俺、一体どうしたいんだろう）

家ではもう居場所がない。自分は通真先生として、世間から見れば〝あちら〟の世界に行ってしまった存在だ。五年間いろいろなことがあったが、先生を待ち続けることだけが〝こちら〟にいる理由だった。

（恋人、結婚、子供……）

これまで何億、何兆という二人が交わって新しい命が生まれ、新しい命は成長してまた誰かと交わって……。

「ボクは子をなすことが出来ない」

僕僕ははっきりそう言った。その時はそれでもいいと思ったし、今でもそう思っている気持ちに変化はない。でも普通の恋人たちを見ていると、ちょっとうらやましいときもある。

（でも先生から見れば、俺はまだまだ〝こちら〟の人間なんだよな）

〝こちら〟、つまり普通の人間。仙縁はあっても仙骨のない、僕僕が本来暮らすべき場所にはいられない存在だ。僕僕はかって王弁に言った。仙骨は目に見えない心を支える枠のようなものだ、と。そして仙人の力を発動させる炉のようなものでもある、と王弁は教えられている。これがない限り、人は仙人になることはできない。

（そんな俺はどうしたいんだろう。先生とどうなりたいんだろう）

ぐるぐるぐるぐる頭が回る。

（健全なのは、きちんと交わることのできる相手を好きになることなんじゃないのかな。だとしたら、俺が先生に抱いている気持ちっておかしいのかもしれない……）

確かにおかしな関係だ。相手は何千年とこの世界に存在している。こちらは高々両手両足に少々いろをつけた程度の人生しか知らない。しかも勉学も修業もしたことのない、人並み以下の人生だった。

（じゃあ先生は結局、俺とどうしたいんだろう。どうなりたいんだろう）

直接聞いても適当に流されるであろうことは容易に想像できた。考えるのが面倒になってきた。もやもやした向こうからなまめかしいあえぎ声と共に、二本の白い腕が伸びてきて王弁の首に回される。

「く、苦しいっ……」

息が出来ない。余計なことを考えたからばちがあたったのかと必死でもがく。

「ぶあっ！」

顔の前に貼《は》りついて呼吸を妨げていたものを引き剝《は》がすと、そこはのどかな漉水の畔《ほとり》であった。第狸奴が王弁の顔に抱きつくように寝ていたのだ。

「殺す気かよ……」

腹を見せてくうくう寝ている小動物を見るとそれ以上怒る気にもなれず、王弁は大きく背伸びをする。すると、

「あ……ぬしさま、そのようなところに触れては……」

やけにはっきりとそんな声が聞こえてきた。

夢の続きかと思って頭を一つ叩《たた》いてみるが、きちんと痛みを感じる。空を見上げればまだ太陽は昇りきっていない。

二人はもう茂みにこもって交わっている。

(毎日毎日飽きもせず。他にやることはないのかな)

ぐうたらな自分を棚に上げて、王弁は一つ心の中で悪態をつく。それでも僕僕からは男の方を調べて来いと命じられているので、声のする茂みのほうに近づいていった。

(今度は先生の指示だからな。覗《のぞ》きにいくんじゃないぞ)

這《は》うようにして茂みの傍までたどり着いた。

「賈震《かしん》さま、今日は用がありますので……」

「薄妃《はくひ》よ、つれないことを言わないでおくれ。お前と肌を合わせている時間だけが、生きていると感じられるのだ」

「それは私とて同じです……。でも今日はご勘弁を。これ以上はあなたのお体に障《さわ》ります」

切なそうな女の声を男の何かがふさぐ。

（また始まった。まあいいや。終わらないことには家にも帰らないだろうし）

王弁はきっちり最後まで聞いた。二人の熱い吐息に合わせて、ばれないように息をつく。ただ、さすがにそういう音声だけをずっと聞いているのも酷なことではあった。

「ではまた明日。必ず、必ず来ておくれよ」

「はい。私が賈震さまとの約束を違《たが》えたことがありましょうか」

「ないとも。もちろんないとも。二人で交わした約束。共に命果てるまで添い遂げると言い交わした血の誓いを忘れたことがあろうか。でもお前を想《おも》う気持ちが強すぎて、どれだけの誓いを立てられても心が揺れるのだ」

長々しい口説《くぜつ》の後、ひし、と抱き合う気配がする。

（だめだ。あちこちむず痒《がゆ》くなってきた）

あまりの愁嘆場に肌がぞわぞわとあわ立つ。行為自体よりもこういう言葉のほうがよっぽど寒々しい。

（あの人、薄妃っていうのか……。それにしても他人のこういう口説って、どうしてこう聞いていられないんだろう）

そうこうしているうちに、女の方が先に身づくろいを済ませてその場を立ち去った。立ち去るまでのくどいことくどいこと。昨夜醴陵で肴《さかな》に出た臘八豆《ろうはっとう》よりも粘っこく糸を引く。

男は女の立ち去るのをじっと見届けた後、のろのろと衣《ころも》を身に着けているようだった。女と交わっているときの溌剌《はつらつ》さは見られない。まだ若いはずなのに、すっかり年老いてしまったかのようにゆっくりとしている。

（そんなに疲れるものなのかな……）

死にかけている、と僕僕が言っていたことを思い出す。酒場では男の背中しか見えなかったし、経験のない王弁にはどれほど疲れるのかわからないのだ。

男が茂みを出て行く。王弁は大きく距離をとって、尾行を開始した。

四

疲れ果てたように歩く男が尾行する王弁に気付いた様子は、まるでなかった。若い男はとぼとぼと猫背で醴陵城の門をくぐり、一軒のたいそう立派な屋敷の中に入っていった。体つきのがっちりした肉屋や商人が忙しそうに肉の塊を搬入したり、また運び出したりしている。

(臘肉各種あります、か。結構いいところのお坊ちゃんなんだな)

王弁は考える。

(何不自由なく育ったぼんぼんほど、何かにはまると見境がなくなるんだよね。ま、俺のことなんだけど)

周囲のことなど全く考えずに、王弁は僕僕にはまったと言って良い。王の家は弟に任せてあるけれど、世間から見たら長男失格だろう。仙道に通じた者である証《あかし》である通真先生という名前。この皇帝直々のお墨付きがあるから言い訳になっているようなものである。

男が入った屋敷からは香ばしい燻香《くんこう》が流れ出している。敷地内に五つ建ち並んでいる蔵のような建物からも、白い煙がゆるゆると立ち上っていた。

（どんな暮らしをしているのかな）

恋人といない時の、自分と同年代の若者の生活には興味を惹《ひ》かれた。ほぼ家に引きこもって暮らしていた彼は、幼い頃に遊んだ友達以外、同世代の友人がほとんどいない。

「あ、こら」

第狸奴は頭の上から飛び降りると、するりと屋敷の敷地にもぐりこんだ。

（燻製の匂《にお》いに惹かれたのかな。まずいことになった）

とおたおたしていると、ふと視界に何か違和感を覚えた。何も変わっていないはずなのに、何かがおかしい。

（あれ？　なんだろう……）

目の前の景色をよく見てみる。そしてもう一度よく考えてもみる。

（一つ、二つ、三つ……）

五つしかなかったはずの蔵が一つ増えていた。他の蔵からは燻煙が上がっているが、第狸奴が化けたものらしい蔵からは、尻尾《しっぽ》が出てぴょこりぴょこりと動いている。第狸奴としては頑張って煙の真似《まね》をしているものらしい。

(動くものの真似は苦手なのかな)

と見上げている王弁に向かって第狸奴は縄を投げ、その体を縛り上げると、まるで魚でも釣るように引っこ抜いた。

「ちょっと！」

と悲鳴を上げる間もなく、体は蔵の床に叩きつけられる。

(ああ、死ぬかも……)

と思わず目を閉じる。しかし体は柔らかいものに受け止められて、ふわりと着地した。

外はくすんだ色の壁だが、中はもさもさした第狸奴の腹である。

「なるほど。様子を見るならこうやって景色に溶け込んだ方がいいってことか。第狸奴は頭がいいな」

王弁が誉《ほ》めると、窓から出している尻尾をふぁさふぁさと振って第狸奴は喜びを表す。

「あんまり派手に尻尾出さない方がいいよ。煙にはなってないみたいだ」

そう王弁が言うと、ちょっと残念そうに尻尾がしおれ、やがて引っ込んだ。代わりに床からにょこっと尻尾が出てきたかと思うと王弁をべしべし叩く。

「あたた、ごめんごめん。八つ当たりすんなって。だってばれたら大騒ぎになるだろ？　先生にだって迷惑かかるじゃないか」

第狸奴は納得したように尻尾を引っ込めると、内壁も完璧《かんぺき》に蔵らしく変えてみせた。

（さあて、若旦那《わかだんな》の様子を見てみるかな）

第狸奴が尻尾を出して遊んでいた窓まで登り、屋敷を見下ろす。十数人が立ち働く店舗の奥に、店の者が生活する住居部分がつながり、その奥には趣味のいい庭園がしつらえられている。その庭園の中にぽつんと離れがあり、その庭先に座っている若い男こそ、先ほどまで恋人と激しい情を交わしていた人物であった。

（店では何をしているんだろう）

跡継ぎであるなら、店を手伝うこともあるのだろう。王弁は詳しくその男を知ろうとして、観察を続ける。しかしすぐに退屈になってしまった。

とにかく何もしないのである。時折思い出したように茶をするくらいで、ぼんやりと座っている。

（確かにこれは死にかけみたいなもんだな）

ただ息をして飯を食って、茶を飲んで、時間を過ごしている。恋人と一緒のときの熱情的なあの男と同一人物だとは到底思えない。

（あれ？）

見ているうちに、妙に息苦しくなってきた。ただ起きて、飯を食って、厠《かわや》に行って、酒を飲んで、何かを妄想《もうそう》して……。

（誰かに、似てる）

誰かどころではない。自分と同じなのだ。

（いやこの男と俺は違う。この男には恋人がいて俺にはいなかった。俺は今は先生と旅に出てて、こいつはずっと醴陵にいる。似てるけど、同じじゃない）

不快な気持ちを押し殺す。

いやな汗が背中を流れ落ちていく。

「違う……。違う違う！」

「何をわめいているんだ」

急に背中に重みがかかって、王弁は窓べりからずり落ちる。見上げると、僕僕が何気ない顔をして王弁の肩におぶさっていた。

「似た人間を見るのは、気分のいいものではないだろう。側《はた》から見ていると面白かったからほうっておこうかと思ったが」

「……相変わらず何でもお見通しなんですね」

ささくれ立った言い方が自分でもいやになるが、ついしてしまう。僕僕は気にした様子も見せず、窓から男の方を覗いた。

「似ているから腹が立つ。家族でも、友人でも、仲間でも、似ていれば似ているほど、いやなところが見える。だから本能がときにそれを遠ざける。ま、似てるってのは居心地の良さと背中合わせでもあるんだけどね」

「で、でも俺はあいつとは違いますよ。きっと」

王弁の中にどうしても認めたくないトゲがあって、それが反論させる。

「そりゃ違うさ。育った環境も違えば性格だって違う。でも人は無意識のうちに、他人の中に自分と似たいやな部分を見つけ、その相手を憎もうとするんだ」

「先生にもそういう人、いるんですか」

「さあね。そんなことより外を見てごらん」

僕僕がちょいちょいと指で窓を指す。王弁が下を見下ろしてみると、店の者達が第狸奴の化けた蔵を見上げて不思議そうな顔をしている。

五つしかないはずの蔵がいきなり六つに増えているのだからおかしいのも当たり前だ。そのうち、老板《らおばん》らしい恰幅《かっぷく》のいい男が扉をがちゃがちゃとやりだした。開けられてはことである。

「先生、どうしましょう」

「そりゃ第狸奴に聞くのがすじってもんだろ」

「だって。どうする？」

第狸奴は一声鳴くと、王弁をつまみ上げ、ぽいっと外に放り出した。外に出た瞬間、ぼんやりと座ったままの若い男が視界の隅をよぎったが、外での大騒ぎにも彼は無関心なままのようだった。

王弁を吐き出すと同時に元の姿に戻って僕僕の懐《ふところ》へと第狸奴はもぐりこむ。一足先に路地の上に着地した僕僕がさっと袖《そで》を振ると、広さ一丈四方に広がって、不恰好《ぶかっこう》に落ちてきた王弁を受け止めた。

「全く、受け身ひとつ取れないんだから」

「すみませんね」

弟子を袖に包んだまま、僕僕はひょいと宙を蹴《け》った。前日、江南の食を堪能《たんのう》した酒楼の前に降り立つ。

「さあ、飯でも食いながら今日の成果を聞こうじゃないか。ボクもキミに確かめておかなければならないことがある」

「俺に？」

「そう、キミにだ」

僕僕は手馴《てな》れた様子で店主に注文をする。席について杯に酒を満たしたとき、王弁ははっとした。今日の僕僕は姿を変えることなく、目の前に座っている。

「あの」

「どうした？　おっさんの姿よりこっちの方がいいんだろ？」

「そりゃそうですけど、他の人は変に思うんじゃないですか」

「思わない。この店の者には昨日と同じように見えている」

僕僕は大したことではあるまい、といった顔をして杯を気持ちよくあけた。

「そう言えばどこに行ってたんですか」

薄妃という女とその恋人賈震についての報告を終え、杯に酒を注ぎ足しながら、王弁は訊《たず》ねた。

「蓬萊《ほうらい》に帰るとうるさいのもいるから、あまり気が乗らないのだけどな。ちょっと借りたいものがあって」

「借りたいもの？」

僕僕はにま、と笑うと懐から一本の細い筆を取り出した。

「筆……」

「そう、見たまま筆だ。しかしただの筆とはちょっと違うぞ。どんな効用があるか考えてみろ。ほれ」

王弁は僕僕から筆を受け取ると、ためつすがめつしてよく調べてみる。わざわざ蓬萊まで行って借りてくるわけだからただの筆ではないはずだ。しかし武器の飛び出るような仕掛けもなければ、宝石の輝きがあるわけでもない。

(はっ、まさか……男女の営みに使う特別な用法でもあるとか)

「返せ。筆が穢《けが》れる」

僕僕は片頰を膨らませて筆をひったくった。

「ごめんなさい。ちょっとした心の迷いで」

「迷ってばっかりだろうがキミの心は」

「で、結局この筆、何なんです？」

王弁の問いに、これは刃物なんだよ、と首を傾《かし》げたくなるようなことを言った。

「そしてこちらからも質問だ。見せたほうがいいと思うか。それとも見せないで忘れさせたほうがいいと思うか？」

とさらに彼が首を深く傾げてしまうような問いを、僕僕は発した。

五

醴陵の東郊外には三獅洞《さんしどう》と呼ばれる洞窟《どうくつ》がある。

獅子がうずくまるような岩峰が集まっている形から来ているとも、洞窟の中から夜な夜な獅子が吼《ほ》えるような声がするとも言われ、地元の人間でもめったに近づかない場所である。

僕僕と王弁はその入り口が目に入るところに身を潜めていた。

「もう一度聞くが、キミはやはり見せずに忘れさせる方がいいと考えるのだな」

「はい……」

僕僕がこの前の日話したことは、彼を驚かせた。恋人たちのうち、女の方はやはり常ならぬ存在であるということ。そしてその正体を男の方に見せるべきかどうか、僕も迷っているということであった。

「その男、キミに似ているんだろう？」

「いいえ……はい」

考えれば考えるほど、同じところが目に付く。この世のものでない存在に恋をし、それに惑溺《わくでき》し、周囲の心配を顧《かえり》みない。

「キミだったら、自分が愛した者の正体が、言葉に出来ないほど醜いものであったり、恐ろしいものであったとしたら、その正体を見たいか」

「……」

僕僕は以前言った。自分の正体が白髪長髯《はくはつちょうぜん》の老人でも、自分を愛せるか、と。その時の王弁はそれに答えることが出来なかった。そして今でも答えることができない。五年の間に自分なりに世界を広げて考えたつもりだった。それでもこうやって真正面から問われると心が揺れた。

「そう。ボクの本当の姿が、いま言ったような恐ろしい姿であったらと考えるがいい。そしてボクと縁を切らないとキミは死んでしまう。死んでしまうと言われてもキミはボクを諦《あきら》めきれない。しかし縁あって、力のある者がボクとキミとの悪《あ》しき縁を断とうとしている。キミは最後にボクの本当の姿を見たいか」

「俺は……」

僕僕は静かな瞳《ひとみ》で王弁を見ていた。この瞳にうそをつくことは出来ない。何回も答えが喉《のど》を往復した末、王弁が出した答えは、

「見たくありません」

「理由を言えるか？」

「……うまく、言葉に出来ません」

言葉に出来そうで、表現しようとするとなにかがぼろぼろと崩れていくような気がした。

「いいだろう。キミの考えがきっといまのあの男には正しいのだとボクも思う」

そう言って僕僕は部屋に戻っていった。王弁は寝室で、今度は違う意味で悶々《もんもん》としなければならなくなったものである。

そんな彼の懊悩《おうのう》などまるで気付いていないかのように、僕僕は暗い洞窟の入り口を見つめ、すっと立ち上がった。山の中で、いつもの僕僕の香りが一際《ひときわ》なまめかしく王弁の心をくすぐる。

「よし、キミはここで待っていろ」

三獅洞の入り口近くで王弁を待たせ、僕僕は洞《ほら》の入り口にその小さな筆を吊《つ》る。

「あとは出てくるのを待つばかりだ」

日はまだ昇ったばかりであるが、二人の逢瀬《おうせ》は早い時間から始まる。その時間から逆算して、僕僕たちは朝早くに三獅洞までやってきたのである。

やがて洞の奥から、一人の美しく若い女が姿を現した。こうやって朝日のもとで見ると、まばゆいくらいの美しさを放っている。

洞窟から出ようとして、女の歩みが止まる。

「こ、これは……」

女が洞の入り口にある筆に気づいた。美しく化粧された顔が苦悶にゆがみ、地面をかきむしって苦しみだす。

「こんな、こんなもので！」

爪《つめ》が長く鋭く伸び、その筆先をめちゃくちゃに散らす。

しかしそのたびに、びりびりと何かが引き千切られるような音が響いた。魂が冷えるような絶叫が白いのどからしぼりだされた。

「あきらめろ。抵抗しないなら、苦痛なくその内と外を切り離してやる」

いつのまにか進み出た僕僕が、静かな表情で言う。

「うるさい！　私はあの人のもとへ行くんだ！」

「今のキミが行けば、あの男の命を削ることになるとわかっているんだろう？　このままでは悪《あ》しき縁となって、どちらも幸福にならない」

「お前には関係ない！　わたしたちは愛し合っているのよ！」

べりべりといやな音が続く。その美女の皮膚が、中の骨格から剝《は》がれ始めているのを見て、王弁は瞠目《どうもく》した。

「あの男の精は尽き始めているんだぞ」

僕僕が初めて声を荒らげた。

美しくはりのあった肌が破れ、その下から白骨が半ばあらわになっている。骨から剝離《はくり》した表情はゆがみ、憎悪《ぞうお》に満ちていた。

皮膚だけになった人間がこれほど不気味に見えるとは、と王弁も驚いて口をパクパクさせている。そんな彼に女が気づいた。

「お前ばかりいい思いをして！　そこの若い男には仙骨がないではないか。人にえらそうなことを言えた義理か！」

「だから」

僕僕は静かな口調に戻っていた。

「キミのために、あの男と一緒にいられる方法をボクも考えたいんだ。ボクがこの子と共にいる方法を考え続けているように」

醜くゆがんだ皮だけの顔が一瞬動きを止めた。

「疾《し》っ！」

電光の速さで背中から釣り竿《ざお》を抜いた僕僕は、骨からはがれた皮の端に針を引っ掛けて吊り上げた。美しい指使いでその皮をたたむと、懐に入れる。

わざとらしいほどに白い骨がからりと崩れ落ち、風と共に岩山の間へと散っていった。

「……終わったんですか」

僕僕はかすかに頷《うなず》いて、洞の入り口でぼろぼろになった筆を取り外した。

「これは〝画筆〟。画は文字を書くときの手順だが、もともとは無から意味のある事柄を切り取って形あるものにするという働きもある。この画筆は誤ってつながってしまったものを修正するための筆さ」

そういって袂《たもと》に筆をなおす。

「この薄妃《はくひ》には皮膚一枚しかない。中の骨格はおそらく墓場から若い女のものを選んでいたのだろう。外側も人間、内側も人間で一見奇怪なところはどこにもないのが厄介なところさ。でももともとありえない結合を維持するため、この子と接触したものはどうしても精気を抜かれるし、またそうしないとこの子も人としての姿を保てないんだ」

王弁には気になっていることがあった。

「あの男は、どうなりますか」

僕僕は王弁の心配そうな顔を見上げ、ちょっと肩をすくめて見せた。

「待つ気があるなら待つだろうし、待てなければどこか良家の娘を嫁にもらうこともあるだろう。全《すべ》ては彼しだいだ」

突然想《おも》い人が消えてしまった衝撃はどれほどのものだろう。自分で正体を見せない方がいいと言っておきながら、切ない気持ちが抑えきれない。

「ボクはね、帰ってくる気があったから、待っていろとキミに言ったね」

「ええ……」

もし帰ってくるという希望があれば、どれだけ心強いか。

「この薄妃さんは、またあの人のところに戻れますか？」

「さあ、それはこの子とあの男しだいだ」

ぽんぽん、と薄い胸のあたりをたたく。

「でも先生は戻す気になったんですよね」

「キミもだろう？」

「はい……」

「ボクとしたことがな。余計な情けを起こしてしまったよ。明朝、あの二人が逢瀬を重ねていた場所に行ってくれるか」

王弁は深く頷いた。

翌朝彼は、二人がいた河原に走った。

走って走って、河原に座り込んでべそをかいている若い男の前に立った。気配に顔を上げた男は、すぐにうつむいて王弁と視線を合わせない。

「薄妃さんの恋人ですよね」

王弁の言葉に、男は弱々しく頷く。

「一度も私との約束に遅れたことのないあの人が来ないんだ」

一度くらい何だ、と王弁はカチンときたが、その気持ちも理解はできる。

(この人は俺だ。だから……)

皮と骨が引き裂かれても会いに来ようとした女の気持ちを伝えなければならなかった。

「あなたの恋人から伝言です」

そこで大きく息を吸う。

「必ず帰ってくるから、待っていてください、と」

しかし男は首を振って王弁にすがる。

「あの人は、あの人はどうしたんだ。どこにいるんだ！」

王弁はそのさまに動揺する。泣きはらしたまぶたは腫《は》れ、鼻水は流れるに任せている。情けなく泣きじゃくる男の肩をつかんで、王弁は男の目を覗《のぞ》き込んだ。

「彼女に帰ってきて欲しいですか」

「も、もちろん。でもわたしは約束したんだ。また明日も会おうと。あの人はわたしとの約束を破ったことがないんだ」

気持ちは痛いほどわかる。好きな人が目の前から突然いなくなってしまった心の穴を、理解できる他人などいないのだ。

「本当に心から想っているなら、信じられるはずです」

「そんな……。今すぐ彼女をここに連れてきてくれ。私の命を返してくれ！」

男は聞き分けた様子もなく、駄々をこねる。

処置に困った王弁はその場を去るしかなかった。もしそれ以上何か問われたら、答える言葉を持っていない。第狸奴の庵《いおり》まで走って、ようやく彼は息をついた。正しいかどうかはわからなかったが、思いつく最善のことをした、とは思えた。

漉水の清らかな流れで汗を流し、さっぱりして部屋に戻ると、僕僕が酒と臘肉を用意して待ってくれていた。

「なかなか思い切ったことを言ったじゃないか。信じられるはず、などと」

待つのはつらい。希望があっても苦しいものだ。

「ま、現実はそうもいかないんだけどね」

「また夢も希望もないようなことを」

鼻白む王弁をみて、僕僕はくすりと笑った。

「でもキミはそれを乗り越えたんだ。だからボクは帰ってこられた。信じるところのない者のところへ、帰ることはできない。あの男も乗り越えることが出来る想いをもっていればいいな」

「だと、いいですね」

二人は静かに杯を干す。

「なあ、弁」

僕僕は優しい表情で王弁を見た。

「キミはボクの本当の姿が薄妃のようであったら、やはり傷つくか」

「……わかりません」

仙人はちょっとうつむいて、そしてくっと杯を空けた。

「ボクはね、もしボクに正体というものがあって、それがキミに吐き気を催させるようなものであったとしても、キミにはありのままのボクを見てもらいたいと思っているよ」

そう言って席を立ち、部屋を出て行った。

健《けん》忘《ぼう》収《しゅう》支《し》

王弁、女神の厠で妙薬を探す

一

そういうものだとわかっていても、王弁は初めてその姿を見たとき、口に含んでいたお茶を吹き出してしまった。

「失礼ですわね。若い娘見て吹くなんて」

醴陵《れいりょう》で僕僕が骨から引き剝《は》がした皮は、きれいに折りたたまれて僕僕の懐《ふところ》に入っているはずであった。

しかし醴陵から西に向かって三日。再び漉水《ろくすい》と湘水《しょうすい》が合わさるあたりにさしかかったところで、彼は驚くべきものを目にしたのである。

「だって、ずっと懐の中にいたらしけっちゃうじゃありませんか」

皮の娘はこともなげに言う。

洗われた手ぬぐいのように、第狸奴《だいりど》の軒に吊《つ》り下げられた皮娘は薄妃《はくひ》である。春の温かな光に撫《な》でられながら、ひらひらと風に舞っている。人が風にはためいているのはなかなか妙な光景ではあるが、薄妃自身は一向に気にしていない。

「賈震《かしん》さまのところに戻るまで、美しさを保たないといけませんの。そうしたら先生が、じゃあキミも外に出て一緒に旅をしてろとおっしゃってくださって」

「はあ……」

春の太陽は燦々《さんさん》とぺたんこの娘に降り注ぎ、風が吹くたびに上品な表情はぱたぱたとはためく。

「ですから、道連れとしてよろしくお引き回しくださいませね」

「はあ、こちらこそ」

と一旦《いったん》頭を下げ、あわてて僕僕の居室に向かった。

朝いちから杯を傾けては臘肉《ろうにく》をしがんでいる師に、あんなの連れて往来を歩く気ですか、とねじこむ。

「仕方がないじゃないか。一緒に連れて行くって決めてしまったんだから」

僕僕もまるで気にしている様子がない。

「酒屋の幟《のぼり》じゃあるまいし。どうするんです？」

「ボクにいい考えがある」

軒先まで出た僕僕は、薄妃の裾《すそ》あたりを指でさする。

「あん、くすぐったいですわ……」

さわさわと薄い体をよじらせる。

「うん。邪気はだいぶ払えたようだな。人の死体それ自体は決して悪いものではない。しかし魂魄《こんぱく》が去った肉体にはどうしても穢《けが》れがこびりつきやすい。この子は人としての外形を保つために死体に接触しすぎていたからな」

「ああ、だから日干しに……」

「そう。日の光はそのままでもかなりの浄化作用を持つ。特に死に関する穢れには強いからな。どうだ、気分は？」

はためく娘は、これまでになく爽《さわ》やかです、と答えた。

「よし。じゃあ弁、ちょっと動かないようにこの子の足を押さえてくれるか」

言われたとおりに両足首をつかむ。布のような皮のような、それでいてきっちりと人肌の温かみがあるのが妙な感じである。

「動かさないようにして。薄妃、ちょっとがまんしろよ。あまりぱたぱた動くとみっともないことになるぞ」

僕僕はやおら娘の衣《ころも》をずり上げる。

ひらひらの娘でもへそが見えればどきりとする。王弁が思わず目をそらしていると、頭の上からきゃははは、とにぎやかな笑い声が聞こえた。

「こら、動くなって」

僕僕が腰に手を当てて眉《まゆ》をしかめている。ぶら下がっていた薄妃の方を見ると、中途半端にふくらんで、しなびた老婆《ろうば》のようになっている。

「あらら……」

薄妃も自分の肌を見て目をぱちくりとさせている。

「先生、これはありませんわ」

「人間いずれはそうなるんだ。がまんしておけ」

「先生……」

王弁は仕組みがわからず、不機嫌な顔をしたままの僕僕を見た。

「なにせ皮だからな。へそから気を入れれば形をとる。この娘がくすぐったがったから、半分しか入らなかったんだ。ほら、もう一度足押さえて。こんど暴れたら二度と気を入れてやらんからな」

老年の入り口のような見た目の娘はしぶしぶおとなしくする。

皺《しわ》が寄った腹でも女性のへそである。王弁は一応目をそらした。

「さあ、行くぞ」

僕僕は大きく息を吸うと、ふうっと吹き込んだ。ひとしきり笑い声がまた聞こえて、やんだ。

「弁、もういいぞ。多少は見られるようになった」

つかんだ足首には弾力が生じて、そのほっそりした足首には若い女性特有の肌のはりがうまれている。

「どう？　いい感じになったかしら？」

薄妃は衣の裾をつかんでくるりと回ってみせた。醴陵で見た、若く美しい女の姿にようやく戻る。

「確かにこれで、他の人には怪しまれずにすみますね」

「と思ったんだがな」

僕僕は微妙な顔をしたままだ。よく見ると、薄妃の足は地面から二尺ほど浮いている。

「……どうします？　縄につないで引っ張りますか？」

「キミの頭にも空気しか入っていないんだろうな。浮いていかないように気をつけることだ」

「軽いかもしれませんが浮いたことはありませんよ」

そう言い返しながら、王弁は風に流されそうな薄妃の足首をつかんだ。

「あら、なかなか色好みでいらっしゃるのね」

と上から声がするので見上げると、白い腿《もも》が途中まで見えている。その奥は衣の影に遮《さえぎ》られていて見えない。真っ赤な顔をして目をそらした王弁をみて、薄妃はおかしそうに笑った。

「とと、とにかく、このままじゃ具合が悪いですよ」

「そうだな……。よし、いいことを思いついた。キミがおぶっていけ」

そんな、人間を背負って歩くなんて、と反論しようとして、相手が浮くほど軽いことに気づいた。

「病人なりけが人なりを背負っているという風にすれば、人も怪しまないだろうさ」

「わかりました」

はい、どうぞ、と王弁はちょっと腰をかがめる。しかしいつまで経《た》っても薄妃はその背中に乗ってこない。

「どうしたの？」

「あの人以外の殿方に身を任せるのはちょっと……」

くねくねと身をよじらせる。

（もう、面倒くさいな……）

少々いらだったが、確かに気持ちもわかる。

「どのみち宙に浮けるんですから、体と体の間に隙間《すきま》作って背負われるふりをしておけばいいんじゃないですか。そうしたらくっつかなくてもすみます」

そう提案する。王弁自身も妙な妄念《もうねん》にとらわれずにすむ。

道は醴陵から漉水を下って、湘水との合流地点を越えた。僕僕は特に行き先を決めていないと言いながら、特に迷う様子もなく南へと進路をとる。

「次はどこへ行くんですか？」

「このまま行けばもうじき南嶽衡山《なんがくこうざん》だ」

（そうじゃなくて、どこを目指しているのか聞きたかったんだけど）

「どうも人間ってのは目先の目的を知りたがるよね。足許《あしもと》に狭い道がないとそんなに不安かい？　今日はどこに泊まって、明日はどこを目指す。意味のあることとは思えないな」

「ついつい……」

王弁は頭をかく。明日のことはもちろん、今日やることも考えてこない人生を二十年以上過ごしてきたというのに、おかしなものだった。

「薄妃さんも不安でしょ？　どこに行くのかとか、いつ醴陵に帰れるのとか」

おぶさるというより、王弁の襟《えり》をつかんで飛ばされないようにしていた彼女は、首を傾《かし》げた。

「全く思いませんわ。あの人は必ず待っていて下さいますから」

と自信たっぷりである。

「拠《よ》って立つところのないものが、そうやって目先のことであくせくするんだ」

と意地悪な追撃が一発飛んできた。

思わぬところでへこまされた。重さを感じさせない薄妃はそんな王弁を見て、上品に笑った。

二

山道をえっちらおっちら登っている王弁が、久しぶりにけろけろと哄笑《こうしょう》する僕僕の声を耳にした。衡山の頂に程近いところに据えられた、一基の石碑の前を通りかかったときであった。

「ど、どうしたんです？」

おなかを抱えて転げまわっている僕僕を見て、王弁は師の頭に虫でも湧《わ》いたのかと心配になった。

「キミじゃあるまいし。いや、しかしこんなところでこんなものを見るとは」

目じりにたまった涙を拭《ふ》いて、それでも僕僕はその石碑を見上げては笑いがこらえられないようである。

『修我虚気　遂我自然』

から始まるその碑文には、なにやら道術を修行する際の要諦《ようてい》が書いてあるようであった。王弁から見ると、爆笑するようなことは書かれていないように思える。

「だってこれ、ボクのところに司馬承禎《しばしょうてい》が教えを乞《こ》いに来たとき、教えた文句そのまんまなんだもの」

「弟子にはしなかったんじゃないんですか」

「うん。でも彼は真剣だったからね。修行の助けになるような言葉は与えたさ」

王弁からすると、司馬承禎も僕僕も優劣がわからないほどすごい仙人である。それでも、二人の間には埋めがたい力の差があるらしい。

「えらそうに、こんな石碑作っちゃって」

ぺちぺちと碑を叩《たた》く。

家族連れらしき何人かの参拝客が、ぎょっとした顔でその様子を見ていた。皇帝お気に入りの道士が建てたものに気安く触れるなんて、恐ろしいことに見えるのだろう。

「せ、先生、目立ってしょうがないです」

王弁は師の袖《そで》をつかんで引き止める。

「ん？　ああ、そうか。あの子もこちらではえらいんだったな。碑に触って気づいたんだが、蓬萊《ほうらい》からも何人か見に来ていたようだ。麻姑《まこ》の気配が残っている」

「ああ、お懐《なつ》かしい」

僕僕がらみではいろいろあった鳥の仙女である。

「麻姑は王方平《おうほうへい》のところに行く前、ここ衡山の女神、魏《ぎ》夫人の侍女をしていたことがある。縁のない場所ではない。こちらに降りてきた際、挨拶《あいさつ》ついでに見ていったのだろう」

そうなんだ、と感心しながら王弁は石碑を見上げ、最高峰である祝融峰《しゅくゆうほう》の山頂まで登りきった。背中の娘は空気と同じく軽いといっても、ただ歩くだけで汗だくである。

僕僕は南嶽の主神である魏夫人のところへ顔を出してくると言って廟《びょう》の奥へと姿を消した。本来は山の道士でもなければ入ることを許されない奥殿へと無造作に入って行った少女の背中を、参拝客たちは驚いて見送っている。

仙骨を持たない王弁は門前で留守番である。

「薄妃さんは行かないの？」

「私は特に用事はありませんから」

王弁はよっこらしょと廟前の石段に腰掛ける。薄妃は相変わらず王弁の背中におぶさったまま。おそらく手を離せば浮いてしまうのであろう。

「高いところにきますと、何だか体がむくんだような気がしますわ」

などと言っている。

と突然、数人の男女が王弁の前に平伏し、しきりに叩頭《こうとう》しだした。奇妙なことに、そのうちの一人だけは薄笑いを浮かべてそっぽを向き、ぽけっと山並みを眺めている。

「な、何？」

王弁と薄妃があっけに取られていると、先頭でもっとも熱心に彼らを伏し拝んでいた男が口を開いた。

「ありがたき仙人様とお見受けいたします。我らは湘潭《しょうたん》に在をおきます、薬種屋でございます」

話を聞くとこうだ。

湘潭で店を開いてもう五代目だというその薬屋には、もともと優れた跡継ぎがいた。

しかしある日、その跡継ぎが突如失踪《しっそう》したのだという。

「八方手を尽くしまして、数日後、私どもは兄を見つけました。でもその時には……」

顔を伏せて目もとをぬぐう。そして呆《ほう》けた顔で風景を見ている男に目をやって吐き出すように、

「このような姿に……」

と肩を落とした。

もともと薬屋であるから、あらゆる薬を試し、つてを頼ってあらゆる名医を呼び寄せては診てもらった。しかしどんな薬も、どんな医者も彼の症状を治すことは出来なかったのである。

王弁が返答に困っていると、ぼんやりと風景を眺めていた男が、

「あんた、誰だい？」

と唐突にそう言った。

王弁は最初、自分達に聞いているのかと思ったら、それは違った。彼の弟であるという男に、誰かと訊《き》いているのだ。

「そこの姉さん。あんたきれいだねえ。こんな山の中で何してるの？　おいらと遊ぼ

うよ」

口調はあくまで明るく、むしろ無邪気といっていい。年は三十なかばと見えるのに、奇妙に瞳《ひとみ》だけが澄んでいた。

「兄さん。私はあなたの弟、蔣実《しょうじつ》、このお人はあなたの奥さん、朋《ほう》さんですよ」

「そうなのかい。はじめまして」

屈託なく頭を下げる。

（確かにこれはひどい。先生に……）

相談しないと、と振り向いた刹那《せつな》、突然ばたんとけたたましい音がした。拝殿の扉がずれるほどの勢いで開き、そこから僕僕の小さな体が飛んできてどしん、と王弁にぶつかる。二人は一緒になってごろごろと石段を転がり落ちた。

「あいたたた、魏夫人の酒癖の悪いことといったら……」

腰をさすりながら立ち上がった僕僕を見ていた湘潭の薬屋の一行はしばらくあっけにとられていたが、廟から飛び出してきた人物もまた只者《ただもの》ではないと思ったのか、熱心に叩頭を始めた。

「この人たちは？」

腰をさすって立ち上がった僕僕は叩頭を続ける一行を見て訊《たず》ねる。

伸びかけていた王弁から事情を聞いた僕僕は、ふうんと目を細め、湘潭まで案内するようにと命じた。

気の利《き》いた連中で、彼らが山を下りると、既に僕僕達が乗るための馬車が用意されてあった。病にかかっているという元跡継ぎとその妻は別の馬車に乗り、店を取り仕切っているという弟は、薬屋にはそぐわない大きな剣を背負って馬にまたがっている。

「なかなかさまになっているではないか」

僕僕はその様子を見て感心したようにあごをさすっている。

「恰好《かっこう》いいですね」

「大店《おおだな》の主人にはたまにああいった威風ともに備わっているのがいるからな」

馬車の中では薄妃も王弁の背中から降りている。しかし馬車が揺れるたびにぽよんぽよんと車内を飛び回る。

「ちょっと落ち着くんだ」

僕僕がたしなめる。

「気持ちはとても安らかなんですが、体がままなりませんの」

仕方なくといった風情《ふぜい》で王弁の襟をつかむ。

「先生、顔に痣《あざ》、ついてません？」

ふと王弁が僕僕の顔を見ると、いつもと様子が違う。涼やかな表情に変化はないが、目の周りにうっすらとではあるが紫色の痣が浮かんでいた。僕僕は宮中一の武勇を誇る葛福順《かつふくじゅん》のような遣い手を寄せ付けないほどの腕を持っている。その僕僕が殴られたような傷を負っている。

「ああ、これな……」

ちょっと照れくさそうな顔を作って、顔を撫《な》でる。

「久しぶりに南嶽の女神に会って、始めは実に穏やかな感じだったんだが」

飲むにつれてどんどん様子がおかしくなってきたのだと言う。

「結局何が気に入らないのかわからなかったんだが、突然殴りかかってきたんだ。さすがに南嶽の力は大したもので、一撃目はかわせなかったよ」

その一撃が目に当たったらしい。

「まあそのあとは五分だったんだけど、こっちはほら、やる気じゃないから変な遠慮が出てしまって、最後は蹴《け》り飛ばされたってわけさ」

僕僕が押されるところを見るなんて、めったにないことだ。王弁は何だか痛快な気分にもなる。

「なんだキミは。師が怪我《けが》をして喜ぶなんて、最低な弟子だな」

「え？　喜んでいるなんてとんでもない。おけが大丈夫ですか？」

「取って付けたように」

僕僕はふんと鼻で笑ってそっぽを向いた。

三

衡山から百里ほど北に位置する湘潭は湘水のほとりにある。三国呉の時代に築城された小さく古い町は、湘水から立ち上る川霧に包まれて静かにたたずんでいる。城内にある屋敷の一室では、蔣実が留守にしていた間の店の売り上げを点検していた。

「誰だ」

気配を感じた男は、顔を上げないまま外に声をかける。遠慮がちに入ってきた女性を見て、蔣実はため息をついた。

「義姉《ねえ》さん。夜更《よふ》けにこんなところに来ては駄目だ。人が見たらどうします」

「どうも……しませんわ」

「しますよ。あなたは兄の傍にいて、看病してくださらないと」

朋はため息をついて、蔣実の前に座った。

「あの人の看病をしてどうなるというのでしょう。夫は何を見ても憶《おぼ》えておくことが出来ず、夜眠って朝起きれば私を忘れているんですよ。どれだけ尽くそうと、どれだけ想《おも》おうと、あの人は忘れてしまう。お店のことだって……」

「店のことは私が臨時に引き受けているだけです。兄が回復すればいつでも返すつもりでいます」

義姉の言葉を強い調子でさえぎる。

「本当に？」

蔣実は筆を置き、自分を落ち着けるようにゆっくりと茶杯に口をつけた。朋はそのさまをじっと見つめている。

「義姉さん。あまりこちらが困るようなことは、言わないでいただきたい」

「困らせるために言っているのではありません。実さんが幸せになるように。私たち全員が幸せになるように……」

「止《や》められよ！」

どん、と卓を叩いて男は女の言葉を再び遮った。

「実さん……」

「それ以上言われるなら、あなたと言葉をかわすことは出来ない。店も放り出してここを出る」

決然とした言葉に、朋は黙り込んだ。気まずい時間が過ぎて、店主の妻は出ていく。扉が閉まり、足音が去っていくのを確認して蔣実はがっくりと腰を下す。ふうと深いため息を吐いて天井を見上げた。

「私はただ預かっているだけだ……」

威厳のある顔を苦しそうにゆがめて、男はそうつぶやいた。

衡山を下り、湘潭に着いた翌朝には、僕僕の目の周りについた痣はきれいに消え去っていた。

「便利なものですね」

王弁は仙人の体の仕組みがどうなっているのか時々気になる。

「女の子がいつまでも殴られ傷をくっつけておくわけにもいくまい。元気の良い若い男ならともかく。キミは傷だらけの女が好みなのか」

「そんなことはないですよ」

「意外と妙な好みがあるんじゃないの？」

にやにや笑いの仙人が追及する。

「ありませんってば」

薄妃は気を抜かれて衣紋《えもん》かけにぶら下がっている。

「仲よしですわね。うらやましい」

とゆらゆら体を揺らす。

「別に仲がいいわけじゃない。弁のすっからかん具合を楽しんでいるだけだ」

僕僕はぷいっと立って部屋を出て行きかけ、思い出したようにぺらぺらの娘の前に立つ。

「どうする？　疲れているならこのままぶら下げておくし、ボクたちと一緒に行動したいなら気を入れてあげるが」

しばらく考えてお願いしますと頼んだ娘の腹に、僕僕はくちびるをつける。先ほどまで衣紋かけにぶら下がっていた皮は、ひとしきり笑い声を撒《ま》き散らした後、膨らんで若い娘の姿になった。

「疲れるんですか？」

ぐるぐると娘は肩や足首を回して具合を確かめる。

「これまではひとさまのお骨をお借りしていましたから。僕僕先生の気は清浄で楽ではあるんですけれど、まだ体が慣れていなくって」

僕僕は行李《こうり》の中から何種類か薬草を取り出しては吟味している。

いつになく真剣な面持ちである。

「記憶にまつわる病っていうのは、病の中でも厄介なものの一つだ。命に関わることは少ないんだけど、これといった治療法がない。だからいくつか可能性を考えて治療にあたろうかと考えてね」

「でも先生、妙に乗り気ですね」

「そりゃそうだ。この店には大抵の薬種があるからな。うまく伝手《つて》を作っておけばいろいろと便利だろ？　ボクは草木の力を引き出せるが、いちいち山に引っこ抜きに行くのは面倒じゃないか」

(それをやらされるのは俺だもんな。先生も俺のことを考えてくれるようになってきたのかな)

「早速だが、山に行って棗《なつめ》の実など採ってきてくれないか」

「なんで！」

「棗の実は地の力。離れた記憶を結びつける効能があるんだ」

「でも棗は山東の名産で、ここまで南に下ると難しいんじゃないんですか」

山を歩いて薬探しは勘弁してもらいたい。しかしその心底を見透かすように、

「だからキミが楽になるのは、ここの主人の病が癒《い》えてからだ。それまでは頑張ってもらわないとね」

と僕僕がにやりと笑った。

「で、いまから言う場所の……」

王弁はがっくりして、屋敷を出る。吉良《きら》もついて来てはくれるが、後ろで笑われているような気がしてならない。

「ちょっとあなた」

店を出る時に、にこやかな男とすれ違った。何でもすぐに忘れてしまう、ここの主人である。おはようございます、と礼をとる王弁に、

「どこかでお会いしましたかな」

と訊ねた。

「ええ、一昨日衡山でお会いいたしまして、そのご縁でこちらに身を寄せさせていただいております。名前ですか？　旅の薬師《くすし》、王弁と申します」

蔣誠《しょうせい》は何かを思い出すようにしばらく空を眺めていたが、

「すみませんな。どうしても思い出せぬのだ。あなたは衡山に行ったとおっしゃるが、

そこに私もいましたかな？」

「いらっしゃいましたよ。無理に思い出そうとしない方が良いと、先生がおっしゃっていました」

そうですか、そうですか、と笑って頷《うなず》いた男は再び王弁に、どこかでお会いしましたかな、と訊ねなおした。

（これは周りが大変だなあ……）

と王弁は心底同情した。何をしてもすぐに忘れるのである。看病に当たっている人は中々つらいものがあるだろう。

「どこのどなたかは存じませんが、お気をつけて行ってらっしゃい」

そう言って蔣誠は店の中に戻っていった。

（家がどこにあるっていうことは憶えているんだ……。見たところ血色も良さそうだし、ご飯もきちんと食べていそうだ。てことは、人にまつわることだけを忘れてしまうのかな）

今回僕僕から仰《おお》せつかったお使いは、どの草というわけではなかった。湘潭に程近い百耳山《ひゃくじさん》のふもとにある祠《ほこら》から数えて右に何歩、上に何歩、とはっきり場所を指定されていたのである。

故郷の黄土山を緑にしたような山にはみっしりと草が生い茂り、なにやら濛々《もうもう》とした嵐気《らんき》が立ち上っている。

「ねえ吉良、ここ大丈夫なんだろうね」

と訊《たず》ねても知らん顔である。さっさと行けとばかりに鼻面《はなづら》で背中を押す。祠の後ろには杣道《そまみち》らしきものがあるが、入る人もあまりいないのか、草でほとんど隠れてしまっていた。

「ええっと、まずは右に三十六歩」

草の中に足を踏み入れる。そろそろ三十六というところで、吉良が背中を引っ張った。

「なに？　間違った？」

もう一度元に戻り、草叢《くさむら》の中をざくざく歩く。それでもやはり一歩か二歩、多くなったり少なくなったりしてしまう。

「また？　いいじゃんか一歩くらい。だめ？　あ、そう」

吉良が言うなら何か理由があるんだろう、と汗だくになりながら歩数をこなしていく。

「……よし、最後に上に向かって八十一歩」

くたびれては来たが、これで僕僕から聞いた足順は全《すべ》て終わる。例によって吉良にだめだしをされながら、王弁はようやく指定された地点にたどり着いた。

「ってここ普通に頂上じゃないか!」

刃物で切り取られたように平らになった山頂には、ふもとにあった祠とほぼ同じ意匠の建物がある。

(この祠の床下にある土と生えている棗の実を持って来い、か。何か霊験《れいげん》あらたかな力でもあるのかな。見た目はただの湿った土とただの木の実だけど)

鼻を近づけて匂《にお》いを嗅《か》ぐと、二つとも何やら香ばしい匂いがする。ただの木の実でもなさそうであった。

袋一杯に木の実と土を詰め、山を下りる。下りる際は特に指示がなかったのでまっすぐ下ると、拍子抜けするくらいすぐに下の祠へと着いた。

四

薬種屋の暫定《ざんてい》主人の前に立つ女は必死の形相であった。

「実さん。なぜ?」

その眉間《みけん》には凄愴《せいそう》の気すら漂っている。

「なぜ、といいますと」

既に深更子《ね》の刻を過ぎている。一本の灯りの下で書に目を落としていた蔣実は女を正面から見ずに、静かに答えた。

「本気なんですか」

「本気、といいますと」

とぼけ通すことはできないとわかっていつつも、そう答えざるを得なかった。目の前に立つ女の瞳《ひとみ》は燃え立ち、逃げることを許さない。

若い頃、命をやり取りする怖さも知らないで、剣の鞘《さや》を払って街の悪童たちと向き合ったことを、彼はふと思い出した。ただ殺気だけがそこにあった。

「ふざけないで!」

声を殺して女は叫ぶ。

「本当にあの人を治してしまうおつもりなんですか」

「そこに希望があるなら。しなければなりません」

「店の者が納得するとは思えません。それに、私はもうあなたに……」

近づこうとする女を蔣実は大きな手のひらで制した。

「私は不義も不貞も働く気はない。それは何度も申し上げているはずです」

「それは剣士の義。俠客《きょうかく》の貞ではありませんか。商人の義は利を上げて働くものの生活を安んじること。英雄の貞は行く先を失った哀れな女に手を差し伸べることではありませんか」

「……それは理屈でしかない」

女は自分の言葉が威力を発揮していることを確信してじりじりと詰め寄る。

「ではあなたの店を切り回す瞳はどうしてそうも輝いているのですか。そして近づく気のない女を、どうして正面から見ることが出来ないのですか」

蔣実は書に目を落とした。

仁と義を説く書物には、人が君主になる心構えが説かれている。

「あなたの仁義はそこにはないはずです。われら小人をあなたの大きな仁で包んでくださいませ」

朋の手がそっと義弟の頰に触れた。

「私は知っております。嫁いだ日から、あなたさまの目が私をどう見ていたのか」

ぎくり、と大きな体が震えた。

「あなた様ならきっと私と店のものを大切にしてくださいます。ですから……」

男の心はついにこちらに傾いた、と女は信じた。しかし、

「……兄が健在である限り、不義を働くわけにはいかん」

そう声を押し殺して立ち上がった蔣実は、夜更《よふ》けの街へと出て行った。

朋はため息をついて、その背中を見送るしかなかった。


「それでは治療を開始したい」

神々《こうごう》しいまでの威厳を放って、僕僕が一同に言い渡した。その声を聞く者は全《すべ》て、王弁ですら思わずはっとひざまずく。一人だけにこにこと笑みを浮かべているのは記憶を失っているここの主《あるじ》である。

王弁はこほんと咳払《せきばら》いを一つして立ち上がった。

「弁、キミはここにいろ。他の者はちょっと外してもらおう」

僕僕が命じる。蔣実は店の者をまとめて出て行く。

「ああそうだ。ご主人。あなたには残ってもらいたい」

「……はい。しかし先生、一つ言っておきますが、私はここの主ではない。主はそこにいる兄です。念のため」

僕僕はそれを聞いても答えず、かすかに頷いたのみである。蔣誠の妻が立ち去りがたそうにそこに立っていたが、僕僕は少し厳しい声で出て行くように促した。

「義姉さん、先生のおっしゃるとおりに」

その言葉に従って彼女はしぶしぶ出て行った。

室内ににこにこ顔を消さないままの蔣誠、その弟の蔣実、それに僕僕と王弁が残された。僕僕は周囲から人の気配がなくなったことを確かめると、袂《たもと》から一つの布袋を取り出した。

「先生、これは……」

蔣実が訊ねる。

「この方の病を治す特効薬だ」

王弁は何となく気になって、暫定的ながらこの店を任されている男の表情を見ていた。

（あれ？）

特効薬と聞いてしばらくすると喜びを面に表したものの、その前に何か複雑な色が明滅したような気がした。

（どうしたんだろう）

王弁にそのあたりの機微《きび》はわからない。

「その前にお聞きしたい」

僕僕はその袋を開けないままで、蔣実に顔を向けた。

「本当に、この方の病を治して良いのかな？」

「もちろんです」

きっぱりとした口ぶりだ。

「治さない方が良いのではないか？」

執拗《しつよう》、と言っても良いくらいの念押しをする僕僕に対し、

「おっしゃっている意味がよくわかりませんが」

感情を押し殺したような表情で、店を預かる男が返す。

「このままこの方の病が治らなければ、店は全てあなたのものだ。見たところ、商売は繁盛《はんじょう》し、店の者たちもあなたに懐《なつ》いているようだ。このご内儀でさえも」

王弁ははっとして、今度は記憶を失う病の男の方を見た。穏やかな笑顔にはまったく翳《かげ》りはなく、微風にそよいでいるような表情だ。

「私は兄の仕事を一時的に受け持っているだけだ。私は本来、武の道に生きたかった。一剣、天下に名を馳《は》せるのが夢だったのだ」

蔣実は鉄のように重く冷たい声を変えない。

「それは実に立派な夢だ。しかし商家の主としての現実はどうだ。数十の使用人を動かし、数百の取引先と火花の散るような駆け引きを行い、蔵一杯の銀を左右する。湘潭の城主ですら、キミには礼を尽くすだろう。剣をふるっているときは、決して得られなかった尊敬を、今のキミは得ているのではないか」

諭すような僕僕の口調である。

「……」

鉄の声の持ち主はついに黙った。

「この男の病が治れば、その尊敬は徐々にこの男に戻るだろう。キミはあくまでもこの店の次男坊として人生を送らなければならない。それでもキミは、兄の病を治して欲しいと思うかね」

「なぜ、なぜそんなことを言うのだ……」

端然としていた男の顔がゆがむ。それでも搾《しぼ》り出すように、

「兄が譲られたものを我が物にしようなどと考えたら、武と義の道に反することになる」

そう言った。

「兄があなたに預けると明言したのか？　兄であることを放棄した人間にそこまで気を遣う必要がどこにある」

「どうあろうと、兄が元に戻る手段があるならそれを実行するのが弟の務め」

厳しく踏み込んでくる僕僕の言葉に蔣実は戸惑いを見せながらもはねつける。最後はほとんど聞き取れないほどに小さな声になったが、まだ硬かった。

「よろしい。では蔣誠どの」

僕僕は頷いて、兄の方を向いた。

「ここにキミの病を治す薬がある。これを飲めばキミの煩悶《はんもん》は全て取り除かれ、悩みからは解放される。これは、本当に全ての記憶を消す薬だ」

王弁は黙って聞いていたが、最後まで聞いて何か引っかかった。

(記憶を消す、薬？　逆じゃないの)

蔣実もはっとした顔をするが、僕僕は構わず続ける。

「どういう理由があるかはわからないが、キミは忘れたフリをしているだけだ。キミには全てのものが見えているし、また憶《おぼ》えてもいる」

にこにこと穏やかな顔を崩さないまま、蔣誠はなにも言わない。

息が詰まるような時間が過ぎていく。王弁は息苦しくなって、思わず自分の喉《のど》に手をやった。

記憶を失っているのに失っていないと言われた男は、そこにいる僕僕、王弁、そして弟の顔を順に見つめた。そしてなにかを振り払うようにゆっくりと首を横に振る。

「どうしておわかりになったのです」

その重い沈黙の間も表情を崩さなかった蔣誠は、おもむろに口を開きまずそう訊ねた。

「キミは弁が薬種を取りに出かけるとき、すれ違ったのを憶えているか」

「ええ」

既に彼は、記憶をすぐに失う病であるとは装《よそお》わなかった。

「キミは確か別れ際《ぎわ》こう言ったそうだな。お気をつけて行ってらっしゃい、と。相手に会ったことも忘れるキミが、どうして相手がどこかに行くことを憶えている」

驚いた蔣実が二、三歩よろめいた。

「ははは！　いやこれは大した先生だ。渾身《こんしん》の芝居もあっさり見破られてしまった」

蔣誠は大笑いして僕僕に深々と頭を下げる。しかし反対に、僕僕は感心したような顔をして腕を組んだ。

「キミはすごい人間だ。人の瞳にはかならず色がある。誰か知っている者を見るときには、記憶に基づいた感情が浮かぶというのに、キミの目には浮かばなかったから、本当に記憶のかけらを失っているのだと思っていた。ただ、キミが弟を見るとき、わずかに透明な色が揺れる瞬間があった。だから怪しいと思ったのだがね」

頷きながら、蔣誠はむしろ愉快そうであった。

「お見事です。神仙でもなければ見破れまいと思っていたのですが、どうやら弟は本物を引き当てたらしい。ま、それも私のさだめなのでしょう」

兄は弟に近寄り、すまなかったと頭を下げる。

「私は商売に向かない男だ。胆力もなければ情けもない。仕事をすればするほど、自分が自分でなくなっていくようだったよ。誰もが私の前で本音を言わず、ただ銭が左右に行きかうことだけを考えているのを見る。耐えられなかった」

扉を開けて、兄は中庭に出る。薬種の香りがゆるやかにまじりあって、風の中に漂っている。

「弟の実は剣にこそうつつを抜かしていたが、私よりはよほど良い商人になることはわかっていました。胆力もあり気遣いもでき、人を惹《ひ》きつける心と立派な容貌《ようぼう》も兼ね備えている。かといって頭の固い男のことです。ただ店を譲るなどと言っては出て行きかねなかったのですよ」

「だから、病になったふりをした……」

「そう。実に面白かった。私が何も記憶できないとわかると、みんなが本音を言う。友の悪口も、職場の愚痴も。人は心底でこんなことを考えるんだなあって恐ろしくなったけど、段々面白くなってきましてね。何回吹き出しそうになったことか」

くすくすとおかしそうに笑った。

「さすがに頭にきたのは、朋があけすけに私への失望と実への想《おも》いを口にするようになったことですが」

冗談めかした口調である。

「あ、兄上、私は義姉さんと何も……」

弟はあわてて弁明する。

「わかっているさ。あいつは私の前で、お前が堅物で困るってこぼしていたからな」

僕僕はそんな兄弟を静かな表情で一瞥《いちべつ》した後、袋の中から一粒の丸薬を取り出した。

「さあ、どうする？」

全てを本当に忘れられる薬。忘れていられる薬。蔣誠は本来なら耳に入れなくていいはずの話を山ほど聞いた。それを抱えていくのは、重いんじゃないかと王弁は思う。

そのとき突然、すらりと剣の鞘《さや》を払う音がした。

「う、嘘《うそ》をついていたのね」

「義姉さん、何を……」

蔣誠の妻は、蔣実の剣を抜き、震える手で切っ先を夫に向けている。

「あなたの身勝手のためにどれだけ店の者が苦労したと思ってるの！　あなたがいるから、どれだけ私ががまんしたと思ってるの！　あなたのせいで……あなたのせいでどれだけ実さんが苦しんだと思っているの！」

「……すまないと思っている」

夫は素直に謝罪した。

「そんなにお店がいやなら、誰にも言わずにこっそりいなくなればよかったじゃない！」

ぶるぶると手は震え、目は血走っていた。そんな妻に向かって、夫は実に申し訳なさそうな顔をした。

「お前の言うとおりだ。でも私は怖かった。この店を営むのがいやなくせに、この店を離れては自分がどう生きるべきかわからなかった」

「そんな……そんな理由で！」

絶叫と共に妻が夫の体を刺し貫こうとしている。

剣士を目指した男の剣は女の身には重過ぎる。しかし数年にわたる憎悪《ぞうお》が非常な力を彼女に与えていた。

（いけない！）

王弁は慌《あわ》てて駆け寄ろうとした。

決死の一撃は女性とは思えぬ踏み込みの速さを見せる。狙《ねら》われている夫は穏やかな表情のまま。その弟は呆然《ぼうぜん》としてその様子を見ているだけ。頼みの僕僕は静かに、少し悲しそうな顔で空を見上げた。

「あ！」

自分の叫び声と、誰かの叫び声が重なる。

何かが空から降りてきて、蔣誠の前に立ってすっと腕を広げた。

「薄妃さん！」

王弁が懸命に手を伸ばして押しのけようとするが届かない。

刃の勢いは止まらない。突然現れた若い女の肉体を大刀が貫く。ぱん、という破裂音がして、刺された女は消し飛んだ。刃はそこで止まり僕僕を除く全ての人間の動きもそこで止まる。

しん、と周囲の音が全て消え去ったように、王弁は感じた。

「あ……わ、私、なんてことを……」

刀を取り落とした朋は、顔を覆《おお》って地面に座り込む。

そこで初めて動いた僕僕は、ぐいっと彼女の顔を上げさせると、蔣誠に渡すはずの丸薬をほんの少しちぎりとって、朋の口に押し込んだ。思わず飲み込んだ彼女は、ふっと意識を失う。

「先生、朋は……」

普通の人間の中でもっとも早くわれに返った蔣誠が気遣う。

「弟に懸想《けそう》した妻が逆上して夫である自分に斬《き》りかかる。そこで間に入った客人を刺してしまった。そんな哀しい女の心はどうなる」

僕僕は朋をそっと抱き上げ、夫である男に渡した。

「いまこの半刻ほどの記憶はなくなっていることだろう。本当は禁じ手のようなものだが、私の連れが体を張ってくれたのでな」

薄妃の姿はどこにもない。王弁は気になったが、今はこの三人がどうするのかの方が、どうしても気になった。

「キミにこの薬を渡しておこう」

王弁は丸薬を蔣誠の手のひらに乗せる。

「これからどうするか。キミたちで納得いくまで考えるがいい」

兄弟は見つめあったまま立ち尽くしている。結末は気になったが、薄妃を探しに行こう、という師の言葉に弟子は逆らわなかった。

五

ちくちくと針仕事をしている姿が、意外と似合っている、と王弁は見とれていた。

「そんなにボクの裁縫姿が珍しいか」

「なんとなく」

「こうやって繕《つくろ》ってやらないと、気が抜けてしまうからな」

最後に糸を結び、きれいな糸切り歯を出して仕事を終える。ぴらぴらの娘を三度ふって伸ばすと、僕僕はへその所に口を当てて気を吹き込んだ。

「きゃはははは！」

にぎやかな笑い声と共に、若い娘が一人蘇《よみがえ》った。

「もう大丈夫なんですか？」

「もちろんですわ。お二人がなかなか探してくれないから、このまま風に飛ばされてしまうんじゃないかとちょっと不安でしたけれど」

薬屋の兄弟が難しい顔で見詰め合っている中、僕僕と王弁は庭を隅から隅まで探し回った挙句、敷地の端に植わっていた躑躅《つつじ》の根元でようやく彼女を発見した。

さすがに剣で突かれては無傷でいられず、僕僕が針と糸で修繕していたのである。

「傷跡、残りませんわよね」

心配そうにおなかをさする。

「大丈夫だ。蓬萊《ほうらい》の蚕が吐いた糸だからな。きれいに治る」

「よかった。やっぱり女の子ですもの。肌は美しくいたいですものね」

気を入れて人型を取り戻した薄妃の肌は輝くばかりにつやめいている。

「それにしても、えらく無茶したね。上を飛んでいる気配はわかっていたんだけど、まさか刺されに行くとは思わなかった」

僕僕は裁縫道具を片付けると、杯を取り出した。王弁と薄妃にも抛《ほう》ってよこす。

「自分でもおせっかいだと思ったんですけど」

品よく微笑《ほほえ》んだ薄妃は、

「昔ね、ああいうことでいやな目にあったような気がして」

「憶えていないのかい？」

杯をゆったりと乾して薄妃は頷《うなず》いた。そういえば、と王弁は気づく。この皮膚一枚だけで生きている少女の来歴も、本名すらも知らない。

「思い出したいのなら、いい薬があるよ。そして本当にきれいさっぱり忘れることの出来る薬もある」

「どちらもいりませんわ」

彼女は即答した。

「大好きな人もいますし、僕僕先生や王弁さんとの旅も楽しいですから」

薄妃の表情は屈託がない。

「でも先生」

王弁はやはり気になることを口にせずにはいられなかった。

「蔣実さんたち、どうするんでしょうね」

僕僕と薄妃はしばらく黙っていた。

「選択肢は二つありますよね。本当に蔣誠さんが薬を飲んでしまうとか、薬を飲まずに病のふりをし続けるとか」

「まだある」

僕僕は補足した。

「弟の蔣実が飲む可能性も、朋が飲む可能性もある」

「まさか。理由がないですよ」

「弟も妻も悩みから抜け出ることが出来るなら、とやけを起こすかもしれないじゃないか。絶対にないなんて誰が言い切れる？　病のふりを突然やめて、やっぱり俺が店の指揮を執ると蔣誠が言うかもしれない」

そう言われてみると、無限の選択肢が目の前に現れたようで、王弁は考えるのが億《おっ》劫《くう》になってしまった。

「そうそう。そうやって深く考えない方がキミらしくていい」

「俺は思慮深い人間を目指してるんです」

「中途半端な思慮深さは身を滅ぼすよ。人間がよく陥る罠《わな》だ」

「だ、だったら考えませんよ」

「うん。キミはまだ考えない方がいい。無限にある選択肢を俯《ふ》瞰《かん》して考えられるほど、キミの人間はまだ出来ていない」

王弁はへこまされたような気がして気がめいる。

「いつごろ俺の人間は出来るんでしょうね」

「さあね。必要となれば出来てくるさ。それまでは気楽でいるといい」

僕僕はそう皮肉っぽい表情を浮かべると、薄妃と顔を見合わせてちょっと笑った。王弁は気を紛らわせるように、丸薬の入っていた袋の匂《にお》いを嗅《か》ぐ。どこか頭の中がふわふわするような、芳《かぐわ》しい香りがする。

「ああ、それからキミはその丸薬の匂いをいたく気に入っているだろうから訊《き》いておくが、その薬丹の材料をキミは知っているのか？」

「え？　このあたりの里山にあった祠《ほこら》でとったものですよね」

「そうそう。その棗《なつめ》と棗を育てた土の材料さ」

「さあ……。土は土なんじゃないんですか」

王弁の言葉を聞くと、僕僕は実に楽しそうににやにやと笑った。

「あのあたりは魏夫人の厠《かわや》でね。だから入るのにやけに手間がかかっただろう？　普通の人間が入ってこないように、結界が張ってあるんだ。決められた手順を踏まないとたどり着けない」

「げ！」

「そういう顔をするものではない。すばらしい薬効をもった妙薬だぞ。神や天の生き物が出すものは、人の薬になるものが多いんだ」

（へえ……）

王弁は思わずまじまじと僕僕の顔を見た。その頬に釣り竿《ざお》の先がめり込む。

「……い、いたいです」

「やっぱりキミには変わった性癖があるようだ。ボクも気をつけなきゃいけないな。特に厠に行くときはね」

傍らでは、さっき僕僕に縫ってもらったばかりの傷口を押さえながら、薄妃が苦しそうに笑っていた。

黒《くろ》髪《かみ》黒《こく》卵《らん》

僕僕、異界の剣を仇討ちに貸し出す

一

生まれ育った街から人影が消え、いつもは暖かさすら感じる黒い石畳の上を震えながら走る。長雨に降られたときのようにぬるぬると滑る硬い道は、走る自分のただでさえ貧弱な脚力を吸い込んで、前に進もうとする体の邪魔をする。大きな影が、大きな刀を持って追ってくる。影は一つ。ずしんずしんと大股《おおまた》で追ってくる。逃げるのは二人。自分と父親。

影は天を圧するように大きいのに、自分達は蟻《あり》のように小さい。がこんがこん、と湿り気のあるなにかを外してははめるような、肝を冷やすいやな音が足音に伴って聞こえてくる。

「父さん！」

年老いた父親が転ぶ。起こした顔に、恐怖が貼《は》りついている。恐怖が貼りついているのに、息子には助けを求めない。手が早く行けと命じている。

「で、でも」

早く行け！　と手の動きが大きく激しくなる。

怖い。

子として、父を助けないなどということが許されようか。なのに足は一歩も動かないまま、暗闇《くらやみ》に縫い付けられている。

大きな影は黒く、持っている刀の刃だけが嘘《うそ》のように白い。金属の放つ輝きなのではなく、ただ白い。父の体にそれが振り下ろされようとしているのに、彼はただ、なぜ刃が白いのだろうということだけを考えていた。

あまりにも怖いと、怖いということすら表に出せなくなってしまう。その恐怖を覆《おお》い隠すように、どうでもよい何かが感情を包んでしまう。

王達《おうたつ》がこの日恨みと共に学び、そして毎晩反芻《はんすう》してしまうこと。感情を常に厚い覆いで隠しておくこと。自分が寝起きする場所以外では、心のうちをのぞかせないこと。

刃《やいば》が振り下ろされると同時に、割れた銅鑼《どら》を叩《たた》くような音がした。一瞬のうちに命を奪われた父の遺骸《いがい》をかき集めるようにして葬儀を出したはずなのに、そこだけぽっかりと記憶が抜け落ちている。

「……」

目が覚めた。

家の、見慣れた天井の模様が目に入る。

「あなた？」

王達の薄い胸の上に、妻の豊かな黒髪が乗っている。ゆるやかに波打った長い髪が、衣《ころも》のように薄く小さな体の上を覆っていた。

「また、あの夢ですか？」

「……ああ」

王達の父が殺されたのはもう六年も前のことであった。この妻を娶《めと》って間もないころである。

なぜ殺されたのか、などとこの町で聞いてはならない。その男に殺されることは、山で飢えた虎《とら》に出会うこととほぼ同じ意味なのだとされている。

「父の仇《あだ》を討たなければ」

王達は思い出したようにつぶやく。

「そう、ですね……」

妻は髪をかきあげ、困ったように夫を見下ろす。窓からわずかに射《さ》し込む月明かりの下で、夫の肉体はかわいそうなくらいに貧弱であった。あばらは浮き、肌に張りはなく、腕にも足にも躍動を示すような筋肉はついていない。

「でも無理をされては」

妻は豊かな髪には似合わぬ小さな声でそう抗《あらが》った。

「ああ、わかっている。でもこれは男として、人の子として生まれた者の義務なのだ。父が殺されて、ただ安穏と日々を過ごせるほど、私は落ちぶれておらぬ」

か細い拳《こぶし》が握り締められてぶるぶると震える。

「あなた様の思うとおりに」

夫はしかめた顔のまま頷《うなず》く。妻はそう言うのが精一杯であった。

僕僕、王弁、薄妃《はくひ》の一行は湘潭《しょうたん》から衡山《こうざん》を経て、さらに南下を続ける。目前には衡《こう》州《しゅう》の中心都市、衡陽《こうよう》の高い城壁が目の前に迫ってきた。

「ここまで来ると江南《こうなん》ともまた雰囲気が違いますね」

「衡州に入ればそろそろ南国といっても良かろう。都や淮南《わいなん》の人間とはまた違う種族もいて、面白いぞ」

「面白い？」

「そう。面白い。特にキミのような世界の狭い人間にとってはね」

雲の高度を下げて王弁の顔を覗《のぞ》き込む。

「俺だっていろいろ見たんですけどね。この五年間で」

王弁は師の上目遣いを直接見ないようにして答える。顔を見れば完全に主導権を握られてしまう。

「そのあたりもまたじっくり聞きたいものだ。経験しても身になっていない五年間なら、聞きたくないけどね」

「む……話すと長くなりますよ？」

「じゃあいらない。要点を簡潔に話すのも大人の技術だ」

子供扱いにも程がある。雷神の子供たちとの一件以来、こうしてあからさまにからかってくるのが王弁には時々がまんならない。ぷんぷんしているうちに城門をくぐる。

湘水《しょうすい》の上流である蒸水《じょうすい》と耒水《らいすい》の交わる平原に築かれた衡陽の城は、これまでの城市とは少し雰囲気が違った。街を行きかう人が違うのだ。

「あの人たちは？」

自分達とは明らかに違う服装を身につけた、背の低い男が二人、さえずるように話しながら通っていく。

精緻《せいち》な縫い取りがされた袖《そで》なしの黒い上着に、膝《ひざ》までの短い褲《はかま》。黒い靴は脛《すね》の辺りでがっちりと紐《ひも》に巻かれ、いかにも精悍《せいかん》な印象である。

「彼らは苗《ミャオ》だ」

「苗？」

中国南方に住む苗族は昔から中国の南方を絶えず脅《おびや》かしてきた。勇猛果敢で、よろいかぶともなしで重武装の中国歩兵と互角に戦い、平原にあっては巨象の群れを自由自在に操って大軍勢を踏み潰《つぶ》す。

「このあたりでは苗の人々も数多い。ボクたちに縁のある連中もいるだろう」

「苗なのに？」

「キミは自分と同じ漢人なら縁があって苗人なら縁がないと考えるのか。いつからそんなに偉くなったのやら」

と心底ばかにしたような顔で見られて、王弁は自分の狭さを恥じた。

道には漢人に混じって、苗族の男女が鮮やかな衣服に身を包みつつ、大きな荷物を軽々と背負って大路を往来している。

「ね、何だか穏やかじゃありませんわよ」

王弁の背中におぶさっている薄妃が市《いち》の方を指差した。買い物客が集まって起きる喧騒《けんそう》とは、また違った騒がしさが一帯を覆っている。

「見に行こう」

僕僕は野次馬丸出しに目をきらきらさせている。

「自分にかかわりのないことには興味ないんじゃないですか」

「今日はある」

軽々とした足取りで僕僕は進む。人ごみはぎっちりと隙間《すきま》なく並んでいるように見えるのに、僕僕はすいすいと人の間をすり抜け、あっという間に王弁からは見えなくなった。

「ずるいなあ」

人の壁に押し返され、王弁薄妃組はなかなか前に進めない。

「ほら、王弁さんもどんどん行かないと」

背中から薄妃があおるが、一歩進むごとに人の壁に遮《さえぎ》られる。

「すみません、連れがこの先に……」

と他の人間には全く関係のない言い訳をしながら前に猛進する。ようやく僕僕の隣にたどり着くと同時に、その騒ぎの震源地を知った。

「喧嘩《けんか》ですか」

「そうみたいだな」

喧嘩しているのは三人。

一人は漢人。廟《びょう》にある武神のように猛々《たけだけ》しく、また大きい。犬歯が牙《きば》のように、口の外にはみ出している。角柱のように太く、あちこちに銹《さ》びの浮いた鉄の大刀を担《かつ》いでいる。上半身肌脱ぎになって、その色は血のように赤い。

そしてその相手になっているのは、苗人の若者二人。褐色の肌に丸い瞳《ひとみ》。巨大な敵を見てもひるんだ色も見せず、それぞれの手には三日月のような反りを持った刀が握られていた。

「衡陽でこの黒卵《こくらん》さまに喧嘩を売るとはいい度胸だな」

漢人の方がわめいた。銹びた鍋《なべ》を叩くような声である。

「先に仕掛けてきたのはそちらだ。我らは正当な方法で許可をとり、平穏に市で商売をしていただけ。決まりにない上納金を要求されて断ったわれわれに非はない」

苗人の若者が漢語で返す。もう一人の方が王弁にはわからない言語で続けた。

「苗の言葉だ」

僕僕がつぶやいた。

「わかるんですか？」

「何かを伝えようとしている言語でわからないものはない。それを発するものに伝えようとする意思がある限りな。で、あの苗の若者たちは実に冷静だぞ。この喧嘩の理があるのはどちらか、まず観衆にわからせようとしている。みたところ、市にいるのは漢人が八割。それ以外が二割」

黒卵と名乗った漢人の大男は、苗の若者の口上を最後まで言わせてからにいっと笑った。

笑う、という本来明るさを持った表現がいやになるほどの、陰惨で凶悪な笑顔である。

「最近の虫は生意気にも理屈をこねると見える」

ぐるりと観衆を見回してがこんと顎《あご》を外して見せた。人を脅しつける時のこの男の癖のようで、観衆の全体に、いやな緊張感が走る。

僕僕の表情は冷たく、硬い。王弁は師の不機嫌を感じていた。

「ひょひゃへはにひひはい」

野次馬たちの微妙な空気に気付くと、頭をぼりぼりとかいて黒卵は顎を入れる。

「お前らに聞きたい」

吼《ほ》えるように切り出した。

「こいつらはおのれに理があると言いやがった。しかし俺は、俺に理があると思う。

どうだ。どちらが正しいか、決をとろうじゃねえか。俺様は衡陽で生まれ育った男、黒卵さまだ。城の兄弟たちには従うぜ」

ざわざわと観衆がざわめく。

「そんなもの、あの苗の人に理があるに決まってますよね」

王弁が僕僕にそうささやくと、周囲の何人かがぎょっとしたように彼らから距離をとった。

「さあ、どうかな」

僕僕は渋い顔である。

「この苗の連中に理があると思うやつは手を叩いてくれ」

黒卵の呼びかけに、王弁はもちろん手を叩く。しかし周囲のものはもちろん、苗の人間すら誰も手を叩いていない。それどころか、冷たい視線が無数に突き刺さる。

「キミは焼き栗《ぐり》が好きか」

「なんですか突然。ほっこり甘くて好きですよ」

唐突に妙なことを訊《き》かれて、王弁は目を白黒させる。

「焼き栗が好きなのはいいが、熱い中に手をつっこんでまでってのは感心しないな。大やけどのもとになるよ」

すぐに王弁にもその意味がわかった。黒卵が牙を剝《む》き、すごい顔で彼を睨《にら》んでいたからである。

「今日は変わったお客がいるようだが、まあいい。じゃあこの黒卵さまにこそ理があるってみんなは手を叩いてくれ」

どう、っと一斉に拍手の音が城内に響く。

(そんな、ばかな)

王弁は到底納得できない。納得できないのは苗の若者達も同じようで、口惜《くや》しそうにくちびるを噛《か》んでいる。

「そういうこった蛮族。動物は動物らしく、おとなしく人間様に従っておけば良いものを、賢《さか》しらに口答えするもんだから……」

男は肩に担いでいた大刀を抜いた。

「死ぬことになるんだなあ！」

苗の勇者は黙って殺されるのを待ってはいなかった。

鮮やかな体捌《さば》きで初撃をかわすと、体を舞わせて二人同時に襲い掛かる。その速さは洗練されていて、美しささえ感じるものであった。

「ふん、軽い軽い」

曲線を描く光芒《こうぼう》が錆び色の鉄塊にぶつかって火花を散らす。黒卵は無造作に受けているようで、全く傷を負っていない。苗の若者の腕が劣るわけではないが、何かが圧倒的に違った。

残酷な予想が頭に浮かんで、王弁は思わず唾《つば》を飲み込む。

がだらりと刀を下げた黒卵の首筋に隙が出来た。雄々しい気合が二つかかって、湾刀《わんとう》がそこへ振り下ろされた。

「……！」

王弁はわが目を疑った。その太い首を吹っ飛ばしているはずの刃は、皮膚一枚切り裂くこともできずそこに止まったままである。驚く苗の若者を片手ずつつかむと、無造作にほうり投げた。

鈍い音がして、市に隣接した屋敷の壁が崩れ落ちる。

「動物はしっかりしつけねえとなあ。いや、虫けらか。虫じゃあしつけることは無理だなあ。てめえら蛮族、漢人に逆らうとどうなるのか、よおく見てろ。それから他の連中だってそうだ。ここじゃあこの黒卵さまが法律なんだよ」

下ろしていた刀を肩に担ぐ。

（ああ、このままでは……）

間違いなく苗の若者たちは殺されてしまう。助ける者は誰一人いない。

若者たちの瞳はそれでも誇りと勇気を失っていない。最後の一瞬まで勝機を探ろうと輝いていた。王弁は不思議なことに、その表情を美しいと思った。

無造作に、しかし確実に二つの命を消し去る強さで刃が振り下ろされた。きいん、と澄んだ音がして、その鉄の柱のような刀が何かに受け止められる。

「え……」

市にいる者全《すべ》てが、呆然《ぼうぜん》とその光景を見ていた。それは王弁も、苗の若者も、黒卵ですら同じであった。

「勝負はあっただろう。下がりなさい」

若い男の医師姿をした僕僕がいつのまに出したのか、刃渡り三尺ほどの細い剣で、その大刀の攻撃を防いでいた。振り下ろしている黒卵が片手なら、受けている僕僕も片手である。

「……よそ者が余計なことをすると、ろくなことにはならねえぞ」

「天下の広さを知らない小者を恐れる心はないのでな」

ぴしりとした侮辱に黒卵は顔色を変えたが、気味悪く笑って余裕を見せる。

「ふん、おもしれえ。また挨拶《あいさつ》に寄らせてもらうぜ。俺からの挨拶を受けるまでは、この衡陽からは出られないと思っておきな」

牙を剝いた男は刀を納めて肩を一つそびやかすと、市から去って行った。その行くところひとりでに人ごみは割れ、誰も遮るものはいない。王弁がはっと気づくと、苗の若者たちは既に姿を消していた。

観衆のざわめきはいっそう大きくなるが、ついに僕僕たちに話しかけてくる者は現れなかった。

二

(すごい……)

王達は舌を巻いていた。彼は市場の管理を行う役人を補助する役割を担《にな》っている。要は官僚の小間使いのような仕事をしていた。街の裏側を牛耳っている黒卵には絶対にさからえない地位にいる。そうでなくても、街の人間で黒卵に逆らえる人間を、彼はしばらく目にした記憶がなかった。

それが今日に限っては二組も現れたのである。

(特にあの医者風情《ふぜい》、なんて腕をしているんだ)

旅人が護身用に持っているような、ごく粗末な剣であった。それで黒卵の豪打を片手一本で止めてみせた。

(いや、あんな力は人間業じゃない。きっとあの剣、何かいわれのあるものに違いない)

王達の体は熱くなる。今のままでは絶対に父の仇《あだ》など討てない。手は細く足は弱く、形《なり》は小さいのに身軽でもない。しかしもし、人の力を超えた名剣があれば、自分にも黒卵に勝つ機会が生まれるかもしれない。

(あの剣さえあれば……)

いても立ってもいられなくなった彼は、そっと寝床を出る。その騒動のあと、彼は黒卵の命令で、僕僕たちの後をつけさせられていた。

(愚かな黒卵め。みずから死に近づいておるわ)

そう思うと、いつもは不愉快な黒卵の命令も楽しいものに変わっていく。

旅の商人が使う、ごくありふれた一軒に腰を落ち着けていた三人連れは、見る限り全く変わったところのない医師とその助手に見える。助手が背負っている女は病人なのだろうか。どこか遠くの療治場に連れて行く途中なのかもしれない。

(どうしよう)

彼らが泊まる宿の手前で、王達は逡巡《しゅんじゅん》した。
（事情を言って、剣を譲ってもらうことはできないだろうか。でもあれほどの剣だ。そうそう簡単には手放さないだろう。もし一度頼んで断られたら、当然警戒心を抱くに違いない）

どんどんと先回りして考えを巡らす。

（だとすればもう……）

盗むしかない。彼は夜半、宿全体が寝静まるのを待った。

衡陽の街は野良犬《のらいぬ》が数匹徘徊《はいかい》しているほかはなべて音もない。

腕力のない王達は台に上ったり手がかりを必死で探し、やっとのことで塀を乗り越える。どの部屋に泊まっているかは、昼間のうちにあらかじめ宿の主人に訊いてあった。市での騒動は瞬く《またたく》間に広がり、城中で知らない者はいない。

黒卵のところで働く王達が僕僕たちの部屋を訊く意味を、宿の主人も良くわかっていた。

「できるだけ静かにお願いしますよ。くれぐれも黒卵さまによろしく。厄介ごとはひそかになくなってくれた方がありがたいですから」

宿の主人がいくばくかの袖《そで》の下を王達に渡す。その銭を見て喜ぶということはない。

どうせ黒卵に奪われるのである。

外側から気配を探る。寝静まっていることを確認して、王達は中に侵入する。用があるのは剣だけだ。剣のなくなった二人は黒卵の手のものか、本人に命を奪われるだろう。

(申し訳ないが、こちらも必死なのでな。許してくれ)

王弁の床にぶら下げられていた短剣に手を伸ばす。

(あれ？　短剣だったっけ)

あの時、黒卵を止めた医師が操った剣は、刃渡り三尺ほどの細身の長剣であった。

室内を見渡すが、それらしき長剣はない。

(やはり宝は見えないところに隠してあるのか……)

王達は全く起きる気配のないのをいいことに、徐々に大胆になった。床の下、梁《はり》の上、と覗《のぞ》き、部屋の隅にある衣紋《えもん》掛けに何気なく目をやった。

「ひ……！」

思わず悲鳴を上げそうになった。

若い女がぶら下がっている。女であることは間違いないのだがその体に厚みはなく、骨格のない証拠に、かすかにひらひらと揺らめいていた。

「探し物は見つかりましたか？」

にやあ、と笑われて、彼はついに尻餅《しりもち》をついてしまった。

逃げようと後ろを振り向くと、寝息を立てて寝ていたはずの二人が腰に手を当てて王達を見下ろしている。

「弁、ボクたちもやけに見くびられたものだ。こんな貧相なのをよこしてきたぞ」

「見た目は貧相だけど、実はすごい使い手なのかもしれませんよ」

「試してみるか……」

若い医師はすらりと剣を抜く。

（やっぱり長剣もあった。抱いて寝ていたのか……）

目の前の名剣は目がくらむように美しいが、それよりも目前に迫った恐怖のほうが先に立った。でもこの程度の恐怖は、毎晩夢の中で味わわされていることでもある。

（そ、そうだ。こうなったからにはもうヤケだ）

恐怖を分厚い無表情の鎧《よろい》で包んでいた王達は、がつんと音を立てて床に頭を打ち付けた。

「かついにしえの勇者は、無念を表わすときに自らの頭を砕き割ったというが、お前もその口か」

輝く剣先を擬《ぎ》したまま詰問《きつもん》する。

「私の無念はこの頭を今すぐ粉砕しても、晴らせるものではありません」

「しかしボクたちはキミに恨みを買うような覚えがない」

王達はもう一度激しく頭を叩《たた》きつける。額が割れて血が一筋流れ落ちた。

「お二人を天下の義士と見てお願い申し上げます。わが父は衡陽を牛耳る顔役、黒卵に虫けらのように殺されました。私はあの男に使われながら、仇を討つ機会をうかがっているのでございます」

王達は涙ながらに、しかし一気に自らと黒卵の因縁について語った。

「ふうむ。それでこの剣をな……」

僕僕は腕組みをしてその貧弱な男を見た。

「この剣は拠比《きょひ》の剣という異界の剣だ。持ち主の力を反映して自由に力を変える」

「そ、それは素晴らしい……」

そんな剣なら黒卵にも勝てるかもしれない、と王達の瞳《ひとみ》は輝く。

彼は心を尽くして自らの無念を述べ立てた。

「なるほど。その気持ちはよくわかる。ただ、盗んでまでこの剣を手に入れようとしたことは感心できない。何か力を得ようとするならば、それなりの代価が必要だ」

王達は叩頭《こうとう》して、いかなる代価も払うと誓う。

「それでは問うが、お前には妻がいるか」

いると答えた王達に、その妻をわが婢《はしため》として差し出せばこの剣を貸し与えようと言い渡した。王達はためらうことなく、妻を差し出すと誓った。激しく叩頭して礼を述べる男に対して僕僕は、

「あとになって苦情を持ち込むなよ」

と突き放したように言った。

胸に剣を抱くようにして去る痩《や》せた男の背中を見て、王弁は複雑な表情だった。

「困った人にはいつも親切な王弁くんが、やけに珍しい顔をしているじゃないか」

少女姿に戻った僕僕は、にやにやと王弁のわき腹をつついた。

「だって、あの剣は……」

僕僕が黒卵の剣を受け止める際、騒ぎの真ん中に踏み出しながら、王弁の懐《ふところ》から抜き出した短剣こそ、王達が持っていったものである。

「心配するな。キミのところに帰ってくる」

「いえ、その心配をしているのではなく……」

僕僕がいない間、ひょんなことで王弁の手に渡った剣だ。

「それにしても拠比の剣なんてものをなんで持ってるんだ。あれはえらく昔の剣だぞ」

「先生がいない間に手に入れたんですよ。長くなるけど聞きますか？　いきさつ」

「こんな夜中にか。明日にしろ」

　いらんいらんと僕僕は手を振る。

「とにかく、あの人に拠比の剣が使えるとは思えないのですが」

「キミですらうまく使えないんだもんな」

「使う機会がないだけです」

　もっとも、使う機会があっても困るというのが本音で、それを見破っているような師のにやにや顔が王弁には不満である。

「あの男に拠比の剣を使えるかどうかはわからない。しかし少なくとも、使おうとする意志があるではないか。キミだって天馬の吉良《きら》に跨《またが》ることが出来るとは、ボクは思わなかったよ」

「思ってなかったんですか！」

「悪い意味ではない。そんな根性あるとは思っていなかったってこと」

「なんの慰めにもなっていません」

王弁は寝床にもぐりこむ。

(仇討ちか……大変だなあ)

「何でも生きがいがあるのはいいことだ」

と隣の寝床から半畳《はんじょう》が飛んでくる。

今夜に限って、僕僕はいちいち王弁の考えていることをさらっては茶々を入れた。

「だがたとえ親の仇でも人を殺そうっていう生きがいは、なかなかつらいことだろうな。キミのように桃色をした生きがいの方がよっぽどいい」

さすがに耐えかねてがばっと体を起こすと、既に僕僕はすうすうと寝息を立てていた。

(また言いっぱなしの寝たふりかい!)

王弁はぐあっと頭を抱えた。

三

「それ、何ですか」

王達の帰りを、妻は起きて待っていた。夫が胸に抱くようにして持ち帰ったものを見て、怪訝《けげん》な顔をしている。

「これか。これはな、黒卵の息の根を止めることが出来る名剣だ」

「これが？」

豊かな髪を膝裏《ひざうら》まで垂らした王達の妻は、灯りを掲げてその何の変哲もない短剣を見た。明らかに怪訝な表情が浮かんでいる。

「またいんちきに引っかかったのではありませんか」

王達は筋骨を強くする薬だとか、武の真髄を極めることの出来る秘術とやらに、彼らにとっては巨額とも言える銭を何度も騙《だま》し取られた経験があった。

「バカを言うな！」

声を荒らげた王達は、妻に向かって黒卵の一撃を受け止めた剣の素晴らしさを滔々《とうとう》と述べ立てた。

「はあ、そうなんですか。あなたがおっしゃるんでしたらそうなんでしょうけど」

「そうだ。これでようやく私の願いも……」

妻の顔を見ながら熱く語っているうちに、王達は大切なことを思い出した。この剣を借りる代わりに、妻を差し出せと言われていた。

「えーっと、それでだな鶉《しゅん》」

と夫が言い出す顔を見て、妻はちょっとうつむいた。

「何でしょうか。もちろん、それだけ素晴らしい剣を貸していただくのですから、ただというわけにはいかないのでしょう。お金ですか？　物ですか？　うちは貧乏ですから、銭も物もないですよ」

諦《あきら》めたような表情である。

（いかん、さすがに言いづらい。剣の代わりに人身御供《ひとみごくう》になどと言われれば、さすがにこいつも嫌がるだろう。ここは一つ……）

先回りして思案をめぐらす。

「実はだな、この剣の持ち主は医師で、手伝いを探しているのだ。本来は俺が行くべきなのだが、黒卵の命を奪うために全精力を傾けなければならない。そこで鶉、お前に頼みたいのだ」

名前の通り、黒目の大きな王達の妻は、はあとため息をつきながらも了承する。

「それで、私はどれくらい行っていればよろしいのですか」

「おそらく数日程度というものだろう」

「あなたがそうおっしゃるのでしたら」

鶉はこくんと頷《うなず》いた。

うまく丸め込めた、と王達は安心した。これでようやく父の仇を討つことができる。城市でもっとも恐れられている男を倒せば、それも大義のもとに報復を果たせば、これまで侮蔑《ぶべつ》と憐憫《れんびん》の中で生きていた自分の人生も変わる。もっとうまい酒を飲み、もっといい女を妻とし、明るくて希望に満ちた日々が始まるのだ。王達は剣を抱いて床に横たわりながら、笑みが止まらない。

喜びにあかせて妻を求めると、いつもと同じように彼女は拒まなかった。

すっかり旅の供となった湘水の流れをぼんやりと眺めながら、王弁は早くもこの街が嫌いになりかけていた。理不尽な力に抑えつけられて、人も街もどんよりと暗い印象がするのである。

「王弁さん、そう気を落とさないで下さいましな」

薄妃が励ますように彼の肩を叩くと、その反動で空に浮きそうになっている。あわてて地面に足をつけ、両手をじたばたと動かして平衡を取り戻した。

「自力で歩けるようになったんですか」

「いま練習中ですわ」

いつまでも王弁におぶさっているわけにはいかない、と彼女は最近さまざまなものを体の中に少量入れて、錘《おもり》がわりにしている。

「なかなか難しいんですのよ。石をいれると皮が傷つきますし、泥をいれるとなんだかしけしけになりますし」

今日は泥だけではなく、干草を混ぜたものをくるぶしあたりにまで入れてから僕僕に気を吹き込んでもらったのだという。そのせいか、今日の薄妃からは草の匂《にお》いがした。

「もっとたくさん入れるわけにはいかないんですか？」

錘になるものが多ければ、それだけ安定すると王弁は考えた。しかし薄妃は眉《まゆ》を少ししかめて首を横に振る。

「私は薄妃。皮の中に入っているものの影響を強く受けます。以前死んだ方の骨を拝借している頃は、やはり死の穢《けが》れに冒されてあの人を苦しめてしまいましたからね」

つまり石を入れれば石の、泥を入れれば泥の性がそのまま薄妃の〝人格〟に影響を与えてしまうのだという。

「私のことよりも、この衡陽のことです」

「そ。先生が黒卵とかいう街の乱暴者と派手にやりあってくれたせいで、買い物もろくに出来ない。かと言って街から出るのもひと騒動になるだろうから身動きが取れないんだ」

その騒ぎの当事者である僕僕は、例によって困り顔の王弁を肴《さかな》に杯を乾すということにしているらしい。

「先生ひどいんだよ。黒卵が挨拶《あいさつ》にも来ていないのに、街を出るなんて失礼じゃないかなんてにやにや笑うんだ」

「らしいですわね」

薄妃も困ったように笑った。

僕僕自身が黒卵と直接やりあって何かされるとは王弁も思っていない。しかし衡陽の街全体があの男を恐れているような風があって、どうにも居心地が悪い。ここまで空気の悪い街は旅を始めて以来、王弁の記憶にはちょっとない。

「宿の方にも黒卵の息がかかっているようですわね」

ぴらぴらの状態だと風にも乗れる薄妃は、屋根の瓦《かわら》にひっかかって空にはためきながら、宿の建物に出入りする人間達の会話を聞いていた。

「先生の動きを探る人間が入れ替わり立ち替わり来ていますわ」

「王達って人が言っていたことは間違いじゃないってことか」

父をその横暴な有力者に惨殺《ざんさつ》され、それでいてその下で働かなければならない無念は想像するにあまりある。

「俺はやっぱりこの街を早く出たほうが良いように思うんだ。相手は街全体に力を持っているようなやつだ。どんな手を使ってくるかわからない」

「そうなるとおそらく一番に狙《ねら》われるのが王弁さんなんでしょうけれど」

それがわかっているから出たいんだろ、と王弁はため息をついた。

「それで、あの王達さんとかいうお人の仇討ちは成功するんでしょうか」

薄妃はそろりそろりと河原を歩いては、自分の固形物一、気体九の肉体を何とか人の動きにしようと試みていた。

「難しいような気がする」

びっくりするくらい貧相な男だった。厨房《ちゅうぼう》を駆け回るねずみのほうがよほど活力にあふれていると思われるほどに小さくて細い。

「でも根性はありそうでしたわよ。大胆にも先生から剣を盗もうとし、さらには額が割れるほどに叩頭してその剣を借りていった。交換条件に出された妻を差し出せという要求も、ほとんど顔色を変えずに承諾するなんて」

薄妃はそう言うが、王弁は彼があまり好きになれない人種のような気がした。親の仇を討ちたいという気持ちは理解できるが、妻をあっさり差し出したり出来るものだろうか。そんなことを考えているうちに、一つ思いついた。

「薄妃、どうだろう。あの王達という人、うまく使って俺たちも街から出られないかな」

利用するならお互いさまだ。

「どういうことです？」

王弁は、王達が仇を完全に討てないまでも、無敵の黒卵に一太刀でも浴びせられれば街は大混乱に陥ると考えた。その隙《すき》に城を出て、南の方州《ほうしゅう》の境を越えてしまえば安全だと言ってみる。

「それは先生が……」

頷くとは思えない、と薄妃は反対した。僕僕先生ともあろうものが、何の負い目もないのにこそこそ逃げ出すようなことを面白がるとは、彼女には到底思えなかったのである。

「だよね……」

なんとなく考えが煮詰まった状態で王弁たちが宿に戻ると、僕僕がやけに上機嫌に一枚の書状を差し出してきた。

「これを見ろ」

王弁が受け取って書状を広げてみると、衡州刺史《しし》の名前で高名な通真先生を城にお招きしたい、と記されてあった。

「……あれ？」

何か違和感を覚える。王弁はもちろん、僕僕も自らの名前を盛大に名乗りながら大陸を南下しているわけではない。隠しているわけではないが、王弁などという名前はありふれているし、旅姿で壮年の医師姿の僕僕とその助手然とした王弁は、街道で目立つ存在では決してなかった。

「なんでここの刺史は俺たちのことを知っているのでしょうか」

「さあな。長沙《ちょうさ》あたりでの活躍が都のお偉いさんに届いたんじゃないか。別に隠密《おんみつ》旅行しているわけでもないし、知っているやつは知っているんだろう」

僕僕は全く興味がなさそうに答える。

「それより、これは行かなければなるまいな」

この仙人の困ったところは、王弁が気乗りしないことをむしろ喜んでしたがることであった。

「揉《も》め事のもとですよ？」

「もとならもう盛大に撒《ま》いただろ」

「そりゃそうですけど……。でも衡州刺史とうまくわたりをつけられたら、平穏に衡州を抜けられるかもしれませんね」

「平穏に？　ふふ」

杯を干しながら僕僕は不敵に笑った。

（うわ、勘弁してください）

と言ったところで師を喜ばせるだけなので、王弁は黙っていた。

「さて、そろそろ人身御供がやってくるころだ」

しばらくすると、扉の外から遠慮がちに若い女の声が掛けられた。

四

頭の上にずっしりとのしかかるように自分を苦しめてきた男の息の根を、ようやく止めることが出来る。もう無力でか細い男ではない。仇を討って、男を上げて、全《すべ》てを変えてやるんだ。

王達の剣を見る目はぎらぎらと光っていた。その光を吸うようにして、拠比の剣も輝いている。

これまでずっとくすんで、怯《おび》えていた瞳《ひとみ》とは全く違う。それを困った表情で見ていた妻はもう剣の代わりに捧《ささ》げてしまった。

あとはやるだけだ。

(もう怖い夢も見なくなった)

毎晩のように見ていた、黒卵に父親が殺される夢。あの夢のせいでずっと苦しかった。この剣がその悪夢すら消し去ってくれた。

衡州刺史の主催する宴席に黒卵が出席することを、その下で働く王達も当然知っている。衡陽の名士たちが全員集まるはずだ。市場に出ないような高い酒が並び、一生口にすることのない料理が卓を埋め尽くしている。

欲得でぬるぬるした笑顔が座を埋め尽くしている中に、異界の剣を引っさげた一人の男が堂々と登場する。名を名乗り、仇を討つ旨《むね》を宣言する。

黒卵は自分を見くびって自らひねりつぶそうと出てくることだろう。

「ふふ、うふふふ……」

断末魔の叫び。静まる宴席。

そして鳴り響く喝采《かっさい》。その喝采を一身に浴びるのは俺だ。

辛苦して、父の仇を討った男。城内で横暴の限りを尽くす厄介者を退治した男。衡陽千年の歴史に、永遠に刻まれる英雄、王達の名前。

何度反芻《はんすう》しても甘美な妄想《もうそう》が、頭の中で繰り返される。

「おお、拠比の剣よ、お前も喜んでくれるのか」

寝るときも身から離さない異界の剣は熱を持ち、鞘《さや》を払えば王達の心を写し出すように白々と輝いている。

「持つ者の力をそのまま剣の力に変える拠比の剣……。お前さえいてくれれば何もいらない。名声は思いのままだ」

外を見る。日が暮れかけていた。

日暮れと共に、州刺史主催の宴席は始まる。王達は剣を布でぐるぐる巻きにして桶《おけ》に突っ込み、刺史の館へと出かけた。

市の下役人が宴の準備にかかわるとて、刺史の屋敷に出入りするのはよくあることである。門番も、王達が中に入って行くのを見ても表情一つ動かさなかった。

厨房では厨師たちが炎を操り、また包丁を振るいながら宴を彩《いろど》る料理を作り上げていく。

(いずれ街の好漢たちは競って俺を招くのだ。衡陽一の孝子、江南一の勇士として)

そう思えば美肴《びこう》に心が動くこともない。

（剣のおかげなのか。全然怖くない）

宴の間はもう近い。

ぐわははは、と黒卵の太い笑い声が廊下に響いた。さすがにびくりと背筋が震える。膝《ひざ》から力が一瞬抜ける。

（大丈夫だ。俺にはこの挑比の剣がついている）

腰に下げた剣は重さを感じさせない。王達は柄《つか》に手をかけつつ、走り出した。


宴が始まるちょうど一日前。

王達の妻は約束どおり、僕僕たちのもとに現れた。五尺に足らない小さな体で、王達と背の高さはほとんど変わらない。

目を伏せて僕僕に頭を下げるが、その声に抑揚はない。

若い医師の姿をとっていた僕僕は、突然その前で少女姿に戻って見せた。それでも彼女は驚いた様子を見せない。

「夫のために、見上げた心がけだ」

僕僕はまずそう誉《ほ》めそやした。

「そういうのを婦道の鑑《かがみ》とでも言うのかな」

恐縮して頭を上げない女に優しい言葉をかけるが、鶉は頭を下げたまま、言葉を発しなかった。

「人でもないのに、人に対してそれだけの献身を見せるとは、よほどあの男に対して思うところがあるのかな」

突拍子もないことを耳にするのは慣れている王弁もさすがにびっくりした。女はそこではっと顔を上げ、僕僕の顔を見つめた。

「あなた様はどこの神仙でいらっしゃるのでしょうか。これまで衡陽に暮らして七年、私の正体を見破られた方は一人としていらっしゃいませんでした」

「見破ったやつはいただろうさ。ただそれを表に出す必要を感じなかっただけで」

王弁は思わずまじまじと王達の妻を見る。

薄妃と違って、見た目は全く普通の女性である。小柄な体に比して、髪がやけに黒くて豊かなことが不自然といえば不自然だが、その程度なら見かけないわけではない。

「そうだ弁。今日のキミはなかなか目の付け所がいい。彼女は〝髪〟だ」

「は？」

「だから彼女は〝髪〟なんだ」

王達の妻、鶉はだまって結い上げた髪をほどいた。美しいつやを振りまきながら、僕僕たち全員を包んでしまうほどの長く豊かな髪が部屋中に広がった。足をとられて転んだ王弁は、顔にかかったつややかな髪を払ってようやく立ち上がる。

「こ、これは……」

「さすがに衡州を旅しているだけあって、衡山の女神とつくづくご縁があるようだ」

「衡山の……ああ、魏《ぎ》夫人とかおっしゃる」

僕僕はそっと鶏の髪に手を添えた。髪の精は心地良さそうにまぶたを閉じる。

「この子は魏夫人が何らかの理由で頭をかきむしった際に、頭皮から抜け落ちたものだろう。普通なら大地に帰り、塵《ちり》となって世界に戻るのだが、よほど強い念がこもっていたのだろうな。そのまま魂魄《こんぱく》を宿してしまった」

鶏が瞼《まぶた》を開く。

「そうでございます。気づけば何も身につけず、人に数倍する髪を衣《ころも》に市の隅に震えていましたところ、助けてくれたのが夫でした」

「良い話じゃないですか」

助けてくれた夫に恩を返すために、自分を人身御供《ひとみごくう》にする。王弁は感心した。

「まあ傍で聞いている分にはな。ところで鶏。キミはどうして夫の言うことを聞いているのだ。剣の代わりに人身御供なんて、いくらなんでも理不尽な話だと思わないのか。たった一人の妻ならば、もっと大切にしてもらいたいと考えそうなものだが」

(あ……)

そういう考えもあるのか、王弁は蒙《もう》を啓《ひら》かれる思いだった。しかし鶉は不思議そうに首を傾《かし》げているばかりである。

「もとが髪のこの子は、主《あるじ》になる者の意思で自分がどうにでもなってしまうということに慣れてしまっているのだ。魏夫人の髪である時は、彼女が邪魔だ、伸びすぎたと思えばばっさり切られて塵芥《じんかい》となる。夫に人身御供に行けと言われれば、それが従物のさだめとばかりに不満に思うこともない」

ずけずけと言われていても、鶉は怒った様子もない。

「彼女にしたら当然のことをただ述べられているだけだからな。弁みたいに子供じみた感情で反発することはないのさ」

(それは先生が子供っぽい理由でつっかかってくるからでしょ)

かちんときて心の中で言い返す。

途端に、僕僕がいつも持ち歩いている釣り竿《ざお》の先端が、王弁のつむじのあたりにめり込んだ。

部屋の片隅で伸びている王弁を尻目《しりめ》に、僕僕はもう一度鶉の髪に触れた。その指先はあくまでも柔らかく、鶉は陶然とした表情をしている。

「キミはあくまでも夫の意向のまま生きるというのだな」

「はい。あの人がそうしろというなら、そうします」

「わかった」

僕僕はふいに、ふっとその髪に息をふきかけた。

「ではキミはこれから、ボクの髪となって生きるがいい。不服はないな」

人の形を失い、一束の毛髪に戻りながら、鶉と名を与えられていた女性ははかなげに頷《うなず》いた。


宴の当日。

僕僕は若い医師の姿をとり、しれっとした顔で宴席の上座に座っている。威厳溢《あふ》れる姿をした、通真先生を名乗る僕僕を疑う者はいなかった。王弁はその隣に侍《じ》し、懐《ふところ》には薄妃が気を抜かれた状態で入っていた。

「王弁さん」

どこから呼びかけられているのかわからない。二回目でようやく、懐中から声がしていることに気づいた。

「いざとなったら、王弁さんが私に気を吹き込んでくださるかしら」

「俺が？　だって先生みたいな力を俺、持ってないよ」

「それはもちろんありません。王弁さんはただの人間ですから」

だから無理だよ、という王弁を遮って、薄妃は続ける。

「でも王弁さんにも私に気を吹き込むだけの何かがあるような気がするんです。決して清浄でもなければ強くもありませんが」

「誉めてないよね」

「まあまあ。私があの人以外の男にここまで気を許すのは後にも先にもないでしょう」

　と言われれば王弁も真剣に聞かざるを得ない。

「何が起こるかわかるの？」

「わかりませんが、明らかに空気は悪いです」

僕僕の気を中に含んで日々を過ごしている薄妃の言うことには説得力があった。

「ねえ弁」

僕僕はふいに王弁に話しかけた。少女姿に戻っているが、周りの者は全く気づいていないらしい。最近、時々彼女がとる行動であった。

「長安を思い出すね」

「ああ、司馬さんと先生に無理やり皇帝の宮殿まで連れて行かれて、ひどい目にあいました」

「あの時のキミの情けない顔といったら」

僕僕はくすくすとさもおかしそうに笑った。

「こんな緊迫したときに何もそんなこと言わなくてもいいじゃないですか」

「キミはばかだな。これから誉めようとしているのに」

「な、何ですか。早く聞かせてください」

誉めてくれることなどめったにない。心の溝《みぞ》にしっかり刻み込んでおこうと気合を入れた瞬間に、刺史が入場する旨《むね》の口上が伝えられた。

「これは残念だ。また次の機会だね」

いたずらっぽく微笑《ほほえ》んで、僕僕は前を向く。その姿は王弁から見ても、若い医師に戻ってしまっていた。刺史が席に着くのとほぼ同時に、耳障《みみざわ》りな笑い声も聞こえてきた。

「さあ、役者は揃《そろ》った。真剣に臨むぞ」

黒卵が刺史よりも豪奢《ごうしゃ》な衣服を着て現れる。儀礼上、黒卵は刺史に拝礼しなければならないが全くの略式で、略されているだけにかえって無礼に見えた。刺史は分厚い笑みを浮かべたまま、咎《とが》めない。

「ふふん。今日は珍しいお客人も来ておるようですな」

ぐわはは、と黒卵は牙《きば》を必要以上に見せて、ものすごい視線を僕僕たちに送ってきた。

五

貧弱な腿《もも》が全力を放ち、王達の痩《や》せて小さな体を大広間に運び込む。

「一同に申し上げたい！」

朗々とした声を放つはずが、素《す》っ頓狂《とんきょう》に声が裏返る。それでも刺史をはじめ、来客も給仕をしていた男たちも動きを止める。

「我は衡陽の王達。わが父の仇《あだ》を討ったため、宴のひと時を邪魔する無礼を許されたい！」

声は裏返り続け、悲壮さよりも滑稽《こっけい》さが際立《きわだ》つ。宴席からはざわめきを通り越して、爆笑の渦《うず》が巻き起こった。

「わが父の仇、黒卵！　今こそわが刃《やいば》を受けよ！」

王達は気にせず見得を切る。その目は真っ赤に充血し、細い腕にははちきれそうに青紫の血管が浮かんでいた。

刺史が左右に目配せする。いくら脅威を感じさせない、頭のおかしくなった木っ端《こっぱ》役人とはいえ、ここは刺史主催の宴席なのである。めんつが丸つぶれだ。

「まあまあ刺史殿。しばし待たれよ。これまた誰の差し金かは知らぬが、実に面白い余興ではないか。なんとこの男は名誉なことに俺をご指名だ」

不気味に表情を崩して黒卵は立ち上がる。

「いや、しかし折角の宴だ……」

刺史がさすがに止めようとした。

「……俺がいい、と言っているのだ」

殺気のようなものが広間中に広がる。刺史は不快さを押し殺したような表情で席につく。出席者も僕僕以外は石でも呑《の》んだような顔になっている。

「さあ、宴を盛り上げようではないか」

黒卵が巨大な刀を肩に担《かつ》いで、宴会場の中央へと進み出る。

王達も震えながら、それでも精一杯胸を張って広間の中心に躍り出た。

（大丈夫。俺にはこの剣がある）

頭の中で何十回と繰り返した情景をもう一度流す。俺が剣を抜く。異界の名剣にこの何年も積み重ねた想《おも》いが流れ込む。剣が輝きを放ち、その輝きが憎き仇を両断する。音を立てて倒れる黒卵。巻き起こる喝采《かっさい》……。完璧《かんぺき》だ。

「黒卵、覚悟おおおおお！」

声が裏返るのも気にせず、一気に鞘《さや》を払う。広間を圧する輝きと力が溢れ……出なかった。

「あ、あれ……」

「……」

列席者だけでなく、大刀を肩に担いだ黒卵もきょとんとしている。

王達の手に握られているのは、刃渡り一寸にも満たない、なんともかわいらしい小剣であったからである。

「ぶぶ、ぶわははは！」

牙が飛びそうな勢いで黒卵が笑う。王達は自分の手の中にある異界の神剣を見て呆《ぼう》然《ぜん》とするばかりであった。

「いや、面白い。王達よ、お前には何の感情もなく、役にも立たない男だと思っていたが、まさか道化の才能があるとはなぁ。俺は全く人を見る目がなかったよ」

大刀の鞘も払わないまま、黒卵は王達に近づくと、ちょんと突いた。糸の切れた人形のように王達はくたくたと崩れ落ちる。

「おい、あれだけ盛り上げたんなら、もうちょっと皆様を楽しませてみろ。道化ならきちんと終劇まで考えろよな」

あとは一方的な虐待《ぎゃくたい》であった。皮は破れ、骨は折れ、鼻はつぶれる。最初は笑っていた列席者もやがてしんとなって声もなくなってしまっていた。

「自分に逆らうと、たとえそれが戯《たわむ》れの体《てい》をとっていてもこうなると衡陽のお歴々にしらしめているのだ」

僕僕は冷たい声でそう論評する。

「お、王達さんはどうなるんですか」

「死ぬだろうな。あのままでは」

あくまでも僕僕は冷淡な態度を崩さない。王弁は仙人が時折見せる冷たさがたまらなくいやだった。

「死ぬって、いいんですか」

「彼は仇討ちをしたかったんだろう？　仇を討つということは、その命を奪うことだ。

それはつまり、自分がその仇に殺される危険性を背負うことに等しい。王達はそのために拠比の剣を使ったが、剣は力を発揮しなかった」

もう黒卵は凶器を使うことすらなかった。鉄瓶のような腕が、角柱のような足が無造作に、貧弱な体にめり込む。

「王達は実際に行動に移す前に、何十回、何百回と成功を夢見たんだろう。抑えられてきた思いが剣に流れ込んだはずだ。その思いは剣にしたらごく小さいものだろうが、それを反映して輝きを放ったことだろう。それがさらに王達の妄念《もうねん》を刺激したに違いない」

「ということは」

「王達の中ではもうここに踏み込んだ時点で、全《すべ》ての想いを吐き出していたのさ。実際に刃を突き立てる時に、気持ちを最高潮に持っていくべきだった」

「……」

王弁は残酷な見世物に目をやって歯嚙《はが》みする。

(自業自得《じごうじとく》なのか？　このまま何も出来ないまま……)

王弁は懐に手を伸ばす。薄妃がその指先をつかんだ。

(先生は動く気がなさそうだ。なら！)

安い同情だろうが、もう関係ない。薄妃が場をかく乱してくれている間に、ぼろぼろになった小男を助けることくらいはできるはずだ。

「……待て」

懐から薄妃を引っ張り出そうとした刹那《せつな》、静かな声が隣からした。王弁の目に映る僕僕は相変わらず美しい少女のままだが、いつもとは少し違った。

「先生、その姿……」

鶚ほどではないが、彼女の黒々とした髪はもともと腰まである。それが床に伸び、天井に伸び、隣席の客を押し倒すほどに量を増しつつある。

「もう大丈夫だ。あの男は助かる」

部屋を埋める勢いで増える黒髪の中で、僕僕は初めて微笑んだ。その微笑と同時に、黒い腕となった豊かな髪が一気に黒卵の巨体を絡《から》め取る。

「あなた逃げて！」

髪の中から声がした。

「し、鶚？」

王達はそれまできれいさっぱり忘れていた妻の声が聞こえて混乱した。

彼の足は既に折れ、腕は砕けている。その自分の前に立って、黒卵の動きを止めているのは、妻であった。

「ごうああ！」

衡陽十万の士民を恐れさせている男も只者《ただもの》ではない。咆哮《ほうこう》と共に黒い腕を振りちぎると、大刀を振り回した。

鶉はひるまない。自分自身である黒髪をどれだけ切り裂かれようと、砕かれようと、王達の前から一歩も動かない。黒卵の鋭鋒《えいほう》は、魏夫人の黒髪を凌駕《りょうが》する力を持っているようであった。

「先生、鶉さんまで……」

王弁は思わず師の袖《そで》をつかむ。

「夫婦枕《まくら》を並べて冥土《めいど》へと旅立つか、それともこの世に残るか、二人が決める」

髪の海から解放された僕僕は、静かな表情で異様な戦いを見つめている。

「あなた、早く……っ！」

ついに黒卵の凶悪な切っ先が鶉に届いた。とっさに髪の一束がそれと切り結ぶが、もろくも切り裂かれてしまう。その衝撃で小柄な体はよろめいた。

「しゅ……、鶉はあなたの妻になれて幸せでした」

ちょっと振り向いて、微笑んだ顔が王達の心に、これまでなかった棘《とげ》を刺す。

半ば以上消えた長い髪が、最後の力を振り絞って狙《ねら》いを定める。

「ふ、ふん。妖怪変化の力を借りたとて、この黒卵様にはかなわぬわ」

黒卵も無傷ではない。筋肉の鎧《よろい》はところどころ破れ、鮮血が吹き出していた。最後の激突になる予感が、その戦いを見ている者全ての胸によぎった。王達も、もちろんそれを感じている。

「さようなら。あなた……」

だめだ。俺は何も夫らしいことをしていない。子供もいなければ、お前の美しい髪を誉《ほ》めてやることもなかった。剣を手に入れるために妻を捧《ささ》げて胸が痛まないような不実な男のために、彼女は命を散らそうとしていた。

するなと言われた後悔が湧《わ》き上がる。

「……!」

悔恨と、長らく忘れていた気持ちが胸の中に溢《あふ》れかえる。初めて彼女を見たときの心のときめきを。震えていたその小さな背中も。痛みも苦しみも、全てが剣に集まっていく。

刃がどれだけの長さを持とうが、厚さを誇ろうが、どうでも良かった。今やるべきことは、一つだった。命の一歩を削って、妻の前に出る。頭上から巨大な光と、暖かさが伝わってきた。王達は目を閉じることなく、それを振り下ろした。

六

四つ目の巨大な鼈《すっぽん》がぐりぐりと瞳《ひとみ》を回しながら湘水から顔を出した。

「おお、珠鼈《しゅべつ》。すまんな」

僕僕はその眉間《みけん》を優しく撫《な》でた。

「いえいえ、先生のお願いでしたらいつでも。王弁くんとどうなってるのか、気になってましたからねえ」

おひょひょと笑う。

「どうにもなってないがな。届け先にはよろしく言っておいてくれ」

「衡山までこのお二人を運んでいけばいいんですね」

「そうだ。もとはといえば魏夫人のまいた種だからな。ケツは持ってもらうよ」

甲羅の上には、体中包帯だらけになった王達と鶉が乗っていた。

黒卵は王達夫婦によって命を絶たれた。衡陽の城内の九割はそれを歓迎していたが、一割はこの男に取り付いて蜜《みつ》を吸っていたから、王達は命を狙われる結果となったのである。

州刺史も館内の乱闘騒ぎを表ざたにするわけにはいかない。事件は闇《やみ》から闇に葬《ほうむ》られ、王達には罰も与えられない代わりに、褒賞《ほうしょう》もなかった。

「あの、ありがとうございました」

傷だらけの夫婦が揃《そろ》って頭を下げる。

「あ、これお返しします」

挹比の剣は短剣の姿に戻って、王弁の懐《ふところ》に戻った。

「キミの奥さんは、本当はボクの婢《はしため》になる契約なのだがな。その怪我《けが》が治るまでは先延ばしにしておくとしよう」

二人は目尻《めじり》をぬぐって謝意を述べる。

「魏夫人は気の荒いところもあるが、酒さえ入っていなければ優しい女だ。まずはゆっくり養生するがいい」

ずっと頭を下げたままでいる二人を乗せた珠艦が湘水を下って行くのを見送りながら、僕僕はうぅんと大きく伸びをした。

「さすがにボクも今回はどうなることやらとはらはらしたよ」

「え！」

全てお見通しだと思っていた仙人が汗をぬぐう仕草をしたので、王弁は腰が抜けるほど驚いた。

「ボクだってそう何でもわかるわけじゃない。特に軸が将来に向いている事象は何がきっかけでどういう方向に転ぶか、とっさにつかめないこともある。まさに今回がそうだった。鶉が自分の意志で踏み切るかどうか、最後までわからなかった」

「そんなにぎりぎりだったんですか？」

「人に限らず、しみついた本性ってのはなかなか変わるものじゃないから。そうだな、キミの阿呆《あほう》とぐうたらが変わらないように」

くく、僕僕はおかしそうに笑った。

「日々前進です」

ふんと鼻を鳴らして王弁は言い返した。

「そうだね。キミはボクが予想しているよりも、変化している。過去は変えることができないし、消すことも不可能だけど、未来に向けた軸だけはいくらでも作ることができる」

五色の彩雲《さいうん》に乗った僕僕は親指を立てて、その指先越しに弟子を見た。

「キミを見ていると、何もわからなくなる。未熟で、おたおたしてるからね。それが楽しいんだけど」

けなされているような気がしてむっとしている王弁の頭に手を伸ばすと、僕僕はなでなでと撫でた。

「まあの状況で薄妃を使って何とかしようと考えたのは、まずまずだったと誉めておこうかな。不空《ふくう》に血を抜かれて伸びていた長沙《ちょうさ》よりはかなりましな考えだった」

そこで王弁は思い出した。

「そういえば宴会場で俺のこと何か誉めてくれるって……」

「もう誉めたよ」

既に僕僕を乗せた雲は、衡陽の街へと飛び去っていた。

奪《だっ》心《しん》之《の》歌《うた》

僕僕、歌姫にはまる

一

　夜明け前の衡山《こうざん》の参道を、一人の男が肌脱ぎで走っている。隆々と盛り上がる筋肉には玉の汗が浮かび、一歩高度を上げるたびその汗が流れ落ちる。ほっほっ、と規則正しい呼吸音と共に、六尺はある大きな体が頂上へと近づいていった。

　頂上の陽見台に登り、導引《どういん》を行う。聖山の風を大きく吸い込み、五臓に巡らす。鍛錬に火照《ほて》った肉体に冷涼な朝の気を取り込むこの修行を、彼は欠かしたことがない。導引を開始すると同時に、山の端から光が生まれる。男はその光を体内に取り込む自分を観想し、吐き出した。

「精が出るわね」

　その鍛え上げられた背中に若い女性の声がかかる。

「精を出しているのではなく、取り込んでいるのですよ」

司馬承禎《しばしょうてい》はその見事な肉体を朝の光の下にさらしながら、ゆっくりと導引を終えた。

「今の今まで飲んでいたのですか」

「ええ、そうよ。悪い？」

「とんでもない」

後ろを振り返った司馬承禎は、だらしないさまで松の幹にもたれている女性を見て、あきれたように肩をすくめる。

「飲まないとやってられないのよ」

「南嶽《なんがく》の女神とは思えないお言葉ですね」

深い森のような緑の生地にあしらわれた遊龍《ゆうりゅう》と翔鶴《しょうかく》の文様も、持ち主のあまりの荒れっぷりにくたくたと崩れている。

「いまさら肉体鍛えてどうすんのよ」

「全《すべ》ての術力を抑え、わが肉体だけを使役して汗を流す。これまた人に与えられた快楽の一つだと思いますよ」

「ふうん。そういうもんなのね」

南嶽の主神、魏《ぎ》夫人はさして興味なさそうに相槌《あいづち》をうつ。

「あなたがそんな有様だから、僕僕先生がよこした夫婦が驚いていたではありませんか」

「ああ、あれね」

衡陽《こうよう》の一件で大怪我《おおけが》を負った夫婦が、江《かわ》に住み着く珠鼈《しゅべつ》の背中に乗ってやってきたのが、ほんの一旬《いちじゅん》前のことであった。ちょうど衡山に魏夫人を訪れてきていた司馬承禎も、同じく二人を出迎えたものだ。

「さすがわたしの髪の毛よ。根性が違うわ根性が」

誇らしげに胸を張ると同時に、げふう、と容姿がかすむようなげっぷをする。

「その根性ある髪の母なんですから、もうちょっとちゃんとしましょうよ」

「うっさいわね」

司馬承禎がたしなめるが衡山の主神は一蹴《いっしゅう》する。

王達《おうたつ》とその妻の鶉《しゅん》は、衡陽での仇討《あだう》ちの際に重傷を負った。街の有力者を手にかけた彼らが大怪我を負ったまま衡陽にいるのは危ないと判断した僕僕が、珠鼈に頼んで二人を衡山まで送り届けさせたのである。魏夫人が直々に応対に出たまでは良かったが、泥酔《でいすい》していた彼女は話の途中で椅子《いす》から転げ落ちて眠り込んでしまい、仕方なく司馬承禎が怪我の治療から住むところの世話までやる羽目になったのであった。

よたよたと近づいてきた女神は司馬承禎に近づくと、がっと胸倉をつかんだ。

「わたしになんか文句でもあるって言うの？」

「ないですよ。でもあなたは五嶽の女神で……」

「うっさいうっさい！　仙人の癖に筋骨鍛えてるあんたに言われたかないわよ。それにあんたのお友達の僕僕だって、なんてことのない人間侍《はべ》らせて悦に入ってるじゃないのさ」

「なんてことないって……そんなこともないですよ」

「じゃあ、あの僕僕の下僕に何ができんのよ」

「何ができるかと言われると非常に困るんですけども……」

閉口した司馬承禎は話題を変えようと頭をひねる。

「そういえば最近の衡山はちょっと様子が変わりましたね。なんといいますか、神々《こうごう》しさが増したような気がしますな。ははは」

「下手なお世辞、言ってんじゃないわよ！」

胸倉をつかんだままの女神は、酔っているとは思えないほどの身ごなしで司馬承禎の体を投げ飛ばし、岩肌に叩《たた》きつけるとわんわんと顔を覆《おお》って泣き出した。

岩にめりこんだ司馬承禎も戸惑うやらわけがわからないやらで、どうにも仕様がなかった。

衡陽からさらに南下を続け永州《えいしゅう》の境を越えたあたりで、王弁は体調を崩した。腹は下り、熱は上がる。もちろん僕僕の施薬で重症に陥らずにはすんだが、それでも旅の速度は大きく落ちた。

「まさに医者の不養生だな」

僕僕はあきれ顔ながら、薬湯を作って王弁に渡す。

「自分でも驚きです。あんまり風邪を引いたことなんてないもんですから」

「まあそうだろうな」

にやにやした師匠がなにかよからぬことを考えている。

「どうせばかは風邪引かないとか思ってるんでしょ」

差し出された苦い薬を礼を言ってすすりながら、王弁は顔をしかめる。熱っぽさが行動も思考も遅くさせている。味覚以外のあらゆる感覚が鈍ってしまって、僕僕の香りすらしない。

「ほれ、この薬はどういう調合でできているか答えてみろ」

そんな王弁に僕僕は問題を出した。

「こんな時にですか。勘弁してくださいよ」

　王弁は布団《ふとん》をかぶって寝ようとする。

「このぐうたら弟子。こんな時だからこそ症状と薬効について知るいい機会だろう」

　僕僕は非情にも布団を引き剝《は》がして答えを迫る。王弁は悲鳴をあげて取り返そうとする。ばたばたとじゃれている様子を、薄妃《はくひ》があきれたように眺めていた。

「見ろあの薄妃の顔を。出来の悪い弟子は師の顔に泥を塗るぞ」

「おとなげない師にあきれてるんじゃないですか」

「具合は悪いのに口だけは達者だね。頭が冷えるようにその服も脱がしてあげよう」

　僕僕は飛び掛って帯に手をかけた。

「だからそういうところがおとなげないって！」

　どたんばたんと騒いでいるうちに、王弁は大汗をかく。熱のせいで死んでいた嗅覚《きゅうかく》に、杏《あんず》の香りが届いた。ぽたぽたと垂れた汗をぬぐうと、体の重さがなくなっている。

「……ちょっと良くなった、気がします」

「よし、予定通り病抜けしたみたいだね。ボクが子供のふりをしてキミと遊んでやったかいがあるというものだ」

　そう言うとにかにかと笑った。「ふり」には見えないほど楽しそうに王弁には見えたが、あえて突っ込まないでおいた。それはそれで、王弁も楽しかった。あんなふうに僕僕がじゃれてくることなど、滅多にない。その楽しさが彼に元気を与えた。

「もう明日には出立できます」

王弁は張り切って答えた。

「明日か。まあキミが大丈夫なら問題はあるまい。今日はほら、精がつくように鼈《すっぽん》を獲《と》ってきたぞ。珠鼈が見たら気を失うかもしれないけどな」

僕僕は扉の外に置いてあったかごから、縄にからげた大きな亀《かめ》をぶら下げて見せる。

「食べるんですか？　それ」

「南方だと亀料理は珍しいものじゃない。それにキミは血を補わないといけないからな。長沙《ちょうさ》で血を失ったことが体調を崩した原因の一つだ。ほとんど見ず知らずの他人のために自分の血をどばど放出していると、いくら寿命があっても足りないんだぞ。わかってるのか」

僕僕に合わせるように、鼈がくわっと口を開く。

「そんな出来損ないの弟子のために包丁を振るおうなんていう師は、三十六天どこを探してもいないぞ。ありがたく思え」

王弁は逆らわず拱手《きょうしゅ》する。

素直な弟子の態度が気に入ったのか、僕僕は鼈を振り回しながら上機嫌で出て行った。

「よかったですわね。先生の手料理ですって」

薄妃が驚いたような顔をしている。

「初めてじゃないけれど、めちゃくちゃ嬉《うれ》しいです」

旅の途中に魚をさばいて串焼《くしや》きにするくらいはしてもらったことがあるが、あれは手料理というよりも単なる野営の一環である。こういう宿で、わざわざ厨房《ちゅうぼう》を借りてまで何かを作ってくれるのはこれまでなかったことであった。

鼈は強壮に効果のある食材である。何だか妙な期待感が膨らんでいく。膨らんで膨らんで、二刻が経《た》った。

「おかしいですわねえ」

薄妃は飲食もできるが、空腹を覚えることはない。体調不良ではなくて、飢餓感でぐったりしているのは王弁一人である。

「鼈ってそんなに手間のかかるものなんですか」

「さあ、どうだったかしら。あの人とお食事するときも亀を出したりしたことはありませんでしたからね」

薄妃は厨房に見にいこうとする。

「あ、待って。がっついていると思われたら……」

「王弁さんががっついていることなんて、みんな先刻承知ですよ」

とあっさり見透かされていた。

しかし今度は、薄妃も帰ってこない。ふと窓から外を見ると、街路に人影がなくなっている。いくら夕刻で外が暗くなり始めているとはいえ、零陵《れいりょう》ほどの大きな城市で急に人の気配が消えるなど、ありえない。

(また何かあるんじゃないだろうな)

人のいない街が気味の悪いものであることは、以前の大雨の時で体験済みだ。

王弁は、いつもは各地から訪れる商人や職人たちの声で溢《あふ》れているはずの街路に出た。早足で行こうとするが、まだ体に力が入りきらない。

(まいったな……)

ゆっくりと壁伝いに歩く。一本、二本、三本目の街路を通り過ぎたところで、不思議な物音を耳にした。微《かす》かな琴の音である。

もう一本街路を越えたところで、今度は歌声も聞こえてきた。

気付かぬうちに、王弁の歩調は速まっていく。その歌声と琴の音が、力の入らなかった体に力を入れていくのである。

(どうなってるの?)

知らないはずの街の中をなにかに引っ張られるように右に曲がり左に曲がり、やがて市《いち》の広場に出たとき、王弁は驚愕《きょうがく》した。街の人間が全《すべ》てそこに集まっているかのように、市は人で埋め尽くされていたのである。

その中心にいるのは、一人の若い娘であった。細く白い喉《のど》から発せられる歌声は、朗々としながら優しく、楽しげでありながらどこか哀感を帯びていた。

誰もがうっとりとして身じろぎ一つしない。娘が一曲を歌い終えても、拍手も歓声も起こらない代わりに、誰もそこから動こうとしなかった。

王弁もそれは同じであった。動こうという気持ちが起こらないのである。一曲終わるたびに、もう一曲聴きたくなり、その一曲が終わるとまた次を待ち望む。日が暮れてあたりが真っ暗になっても、聴衆はじっと聞き入っていた。

「皆さん、今日はわたしの歌を聞いてくれてありがとう」

最後の一曲を歌い終わった娘が立ち上がり、ぺこりと頭を下げる。

しばらく沈黙が流れる。娘が下げた頭を上げると同時に、怒濤《どとう》のような喝采《かっさい》が市を満たした。王弁も夢中になって手を叩く。自分の体調のことも、僕僕が作ってくれるという饂料理のこともすっかり忘れて、ひたすら賞賛の叫びと手拍子を送り続ける。

「さあ、帰るか」

ふと気付くと、僕僕が見上げていた。頬は上気し、表情は満ち足りている。

「いい歌声でしたわね」

薄妃もしごくご満悦の態《てい》である。

「二人ともひどいですよ。気付いたら誰もいないんですから」

歌声の余韻がなくなると共に、王弁はぶうぶうと不平を言った。

「何を言ってるんだ。すっかり元気じゃないか」

王弁はどこか入りきらなかった力が腰に満ち、歩いていてもふらついていない自分に気付いた。

「歌というのは不思議なものだ。ただ耳から聞こえてくるだけだというのに、人の心や体に影響を与えてしまう」

僕僕はそう言って、うんうんと頷《うなず》いている。

「あの娘もやはり仙人の類《たぐい》なんでしょうか」

しばらく何かを思い出すように考え込んでいた僕僕は、

「歌聴くのに夢中でそんなこと全然考えてなかったよ」

と言って笑った。その桜色の頬を見ていると、王弁もそんなことはどうでもいいか、と思える。彼が手料理について思い出したのは、結局寝床に入ったあと。その日はもう諦《あきら》めるしかなかった。

二

「だからさぁ、さっきから言ってるけど、あんたのあの碑文はしょっぱいっての」

ぐだぐだの女神に絡《から》まれて司馬承禎は閉口していた。

仙界の酒を飲むことは全く嫌いではないし、衡山の女神に招かれることは道士としても仙人としてもはなはだ名誉なことである。それでもこのクダの巻きっぷりはさすがの彼もどうしようもない。

「いいじゃないですか。僕僕先生からお教えいただいたことを刻み、後世に残したいと思うのは悪い考えじゃないと思うんですけどね」

なんだってぇ？　と女神は席を立って近づいてくる。

「あんたね、あの碑文にはあんた自身の考えってものがないじゃない。確かにうちの山は石碑大歓迎よ。でも誰かの受け売りなんて感心しないわぁ」

「まったくもってごもっともで」

酔っ払い相手の常道は、おとなしく聞いて逆らわないことだ。

司馬承禎からすると、人から教わったことであれ、それを自らが深く理解できればそれは自分のものと考えても良いと考えていた。だからこそ、仙道に至る道筋まで達することができた記念に、衡山に碑を建てたのである。

「わかったか。わかったならよし！」

げふ、と大きなげっぷと共に、部屋中に桃の香りが広がる。

「そんな姿、あなたを崇《あが》めている人々が見ればがっかりしますよ。くどいようですが」

「なによ。女神だったらいつでも取り澄ましてなきゃいけないっての？」

「そうは言ってませんが……」

「いいや、言った。コラ司馬承禎。おまえもまだ外見に囚《とら》われる悪い癖が抜けていないようだな。よし！」

がたんと椅子《いす》を蹴《け》って立ち上がった魏夫人は、帯に手をかけた。

「ものの真理というものをだな……」

「ちょ、ちょっと！」

ほとんどのことには動じない境地に達している司馬承禎も、酔った五嶽の女神が目の前で帯を解き出したのには、さすがにたじろいだ。

「ちょっと、鶉！　鶉はいるか！」

彼は魏夫人の頭髪から生まれた侍女を呼ぶ。まだ本復していず、お茶汲《く》みをしているだけではあるが、司馬承禎に呼ばれて客間に入ると、何が起こっているのかを瞬時に理解した。

「すまんが止めてくれ」

こくりと頷いた鶉はその豊かな髪を解く。見る間に部屋中に広がった美しい黒髪が、生みの親を縛り上げ、持ち上げる。

「こら！　こおの親不孝ものぉ」

と魏夫人はわめくが、司馬承禎は黙って頷く。やがて主《あるじ》を寝室へと放り込んだ鶉が帰ってきて、非礼を詫《わ》びた。

「いや、別に構わないのだが、一体魏夫人さまはどうしたというのだ」

侍女は首を傾《かし》げる。

「わたくしも奥さまから離れて数年経ちますから……」

「数年で五嶽の女神がこれだけ荒《すさ》むなど、聞いたことがないぞ」

そういえば、と鶉は何かを思い出したように顔を上げる。

「そうですね……。以前に比べてお山が静かになったような気がします」

「静かに？」

処々に啼《な》く鳥の声は以前のままだし、山肌を撫《な》でる江南《こうなん》の風は以前と変わらず清々《すがすが》しい。

「私にはそれほど変化がないように思えるのだが」

では気のせいなのでしょうか、と鶉も考え込む。

「いや、魏夫人の一部であったお前が言うのだから間違いあるまい。ああいう女神の姿も嫌いではないが、あまりはめを外し続けると上の方から突っ込まれるぞ」

「そうですね……わたくしの方も少し調べてみます」

髪を収めた鶉は、ゆっくりと客間を去って行った。

王弁には気になっていることが一つある。

毎日のように歌を聴きに行くのは全然構わない。どこの娘かは知らないが、零陵の街全体が恍惚《こうこつ》となってしまうような、素晴らしい歌声だ。

仙人の僕僕ですらその魅力には抗《あらが》えない。夕方のある時刻になると街が無人になる風景は不気味ですらあるが、歌を聴く人々の表情は幸せに満ち、身分も性別も貧富も全て越えて等しく穏やかな気持ちで家路をたどるのだ。

(歌はいいんだけど、いつまで零陵にいるんだろう)

王弁が昼間思うことはそれである。

歌を聴きに行くと忘れてしまうのだが、ふと思い出すと、何もないのに同じ街に滞在し続けているのが少し不思議でもある。

「何もないことはない。あの歌を聴けるだけでも十分じゃないか」

僕僕は、王弁にそう言った。

すっかりはまってしまっている僕僕の姿を見るのは、王弁にとって初めてである。

「先生がそんなに熱を上げるなんて、珍しいですよね」

「いや、そうでもないぞ。ボクは気に入るとはまる」

そんなことを言い交しながら、夕刻になると師弟は共に市への道をたどる。

「そういえば、嫦娥《じょうが》の踊りもわざわざ月から呼ぶくらいお好きでしたよね」

「彼女は月の女神だからなかなか呼べないが、あの娘の歌で踊ってもらえればさぞかし見ものだろうな。今度頼んでみようか」

と上機嫌である。

市に着くと既に人で一杯であった。身なりの立派な零陵の刺史《しし》から始まって、ぼろを着た物乞《ものご》いに至るまで、等しく歌姫の到来を待ちわびている。

日が翳《かげ》り、あたりは暗くなっていく。いつもであれば既に数曲を歌い終えて、観衆の熱気は最高潮に達しているころだ。

「どうしたんでしょうね」

「近くに気配がないな」

僕僕があたりを見回してつぶやく。歌を求めて集まった街の人々もざわざわと騒ぎ始めている。やがて日はとっぷりと暮れて、真っ暗になってしまった。

「暗くなった。そろそろ帰るか」

さすがに僕僕の表情に落胆の色は出ていないが、他の人々の中にはあからさまに失望を表に出している者もいる。仙人はてくてくとゆっくりした歩調で、王弁と薄妃を従えつつ歩いていたが、宿まであと少しというところでふと足を止めて振り向くと、

「今日は外で飲もうか」

と二人を誘った。王弁も薄妃も異論はない。

「どうにもあの歌を聴かないことには調子が出ない」

仙人は苦笑いする。それは王弁も同じだった。あの歌を聴くと完全に回復したと思

える体調が、聴かない日は悪くなるのである。

市から少し離れたところに幟《のぼり》を揚げていた酒家に入ると、ほぼ満席であった。

「みんな考えることは同じだな」

肩をすくめた僕僕が一つだけ空いていた卓につく。酒家の主人も歌を聴きに行ってから店を開けたらしく、どたばたとあわただしい。

「すみませんね。すぐ、すぐにお伺いいたしますので」

主は懸命に頭を下げてまわるが、どうにも客は殺気立っていた。

「早くしろよ！　どれだけ待たせやがる！」

何人かがいらいらした声で怒鳴る。

「そんなに急《せ》かさなくても、ねえ」

と王弁が僕僕の方を見ると、表情こそ平静を保っているが、こつこつと指で卓を叩《たた》いていた。

（先生までいらいらしてる？）

もう一人の連れはどうかと薄妃の方を見ると、こちらはそうでもない。酒場の外で始まった殴り合いの喧嘩《けんか》の方に気が行っているようであった。

「なかなか注文をとりに来ないな」

とつぶやく僕僕を、王弁は珍しいものをみるような目で見ていた。彼の前で、ここまであからさまにいらいらした様子を見せることはほとんどなかった。

「ん……」

その視線に気付くと、はっとして卓を叩いていた指を止める。

「もしかしてボクは……」

「いらいらしてましたよ」

「ううむ」

これは確かに変だ、と僕僕は腕を組む。

「あの娘、何者なんですか」

王弁は少し怖くなってくる。僕僕にここまでの変化をもたらす存在を彼は知らない。

「ボクも探ってみようとした。しかしあの歌声を聴いた途端に全てを忘れてしまう。いや、全てを忘れてしまうというのは適当な表現ではないな。何かしようとしていたことが、あの歌声が耳に入ると同時に飛んでしまう」

「そういうものですか……」

王弁も確かにあの歌声には魅了されるが、そこまでではない。現に今も、酒が出てこないのは面白くないけれど、卓を叩きたくなるほどイラついているわけではない。

「私もあの娘の歌、とても美しくて好きですけれど、聴けないといらいらするってほどではないですわ」

と薄妃が三人の中でもっとも淡白な反応を示す。

「実に興味深いな」

「ボクのような仙人が動揺して、妖異《ようい》の類である薄妃がそれほど動じない。街の連中を見ていると、根こそぎ心を奪われてしまっている」

両肘《りょうひじ》を卓につき、組んだ両手の中に顔を埋めるようにして目を閉じる。

(綺麗《きれい》だなあ……)

こういう時にふとそんな感想が出てしまう自分が情けないが、長いまつげが頬に影を落としてぞくりとするほど美しい。

「キミはいつでも変わらなくていいな」

気付くとにやにや顔の僕僕が見ていた。王弁はあわてふためいて気持ちを紛らわす。

「別に悪い気はしないけどね」

と目を細める。

「またからかって。で、やっぱり気になりますよね」

「ん？　そうだね」

どうもいつもと違う感じに王弁は戸惑うが、ちょっとぼんやりした僕僕もかわいらしいと思うのであった。

「じゃあそのかわいいボクのために、ちょっと調べてきてくれないか。ボクはあの歌声を聴くと普通ではいられないらしいから」

もちろん王弁に異論はない。

三

魏夫人は大地を統《す》べる五つの霊山「五嶽」のうちの一つ、衡山の女神である。その容貌《ようぼう》は地上のどんな女性よりも美しく、どんな権力者よりも威風堂々として、近づく人間はもとより神仙の多くですらひれ伏さざるを得ない存在だ。

「その魏夫人がなんたるありさまですか」

司馬承禎は、予定ではとっくに長安《ちょうあん》に戻っているはずであった。

「なによ。私に説教する気？　さっさと都に帰りなさいよ」

「帰ろうとしたら帰るなって泣きついたの、あなたでしょうが」

衡山に来て数え切れないほどのあきれ顔をしてきた彼も、ふうとため息をつく。

「こんなあなたを見るのは初めてですよ」

「こんな私を見せるのも初めてよ」

「じゃあそろそろその原因を教えて下さってもいいんじゃありませんか」

こう問うと、途端に衡山の女神は黙ってしまうのである。さすがに司馬承禎も五嶽の神の心中を読むような、ぶしつけなことは出来ない。

「当ててみなさいよ」

「そういえば、最近衡山は静かになったそうですな」

女神はむっとした表情を袖《そで》で隠す。

「……あの娘が言ったのね」

「そりゃ訊《き》けば答えてくれますよ。鶉の夫婦の家やらなにやらの世話をしたのは私ですからね」

今日の魏夫人は珍しく酔っていない。

「わかったわ。全部話してあげるから、お酒出して」

「だ、め、で、す」

この前の日も同じやりとりがあって、結局泥酔《でいすい》した女神が真実を語ることはなかった。

「今日はちゃんと話すから、ね？」

艶《つや》めいて潤《うる》んだ瞳《ひとみ》が司馬承禎を捉《とら》える。しかしまじめな顔を崩さず首を横に振る。

「そんな甘えた顔しても駄目です」

「大抵はこれでなんとかなるんだけどなあ。ああ、わかった。あんた若づくりの子の方が好きだから。僕僕ちゃんとか」

「余計なお世話ですよ」

その頭上に、ごちんと岩が落ちてきた。

「あつつ……」

さすがの司馬承禎も頭を抱えてうずくまる。

「何するんですか！　頭蓋《ずがい》が砕けたらどうしてくれます」

「頭蓋が砕けたところでなんてことないでしょうに。それより、怒った？」

星を司《つかさど》る力も持つ衡山の女神は、隕石《いんせき》を司馬承禎の上に落としてご満悦である。さすがに色をなしかけた司馬承禎を見て、女神はにやりと笑った。

「なあに？　やるなら相手になるわよ」

「……いえ、やりません」

こんなわかりやすい挑発に乗る道士は道士失格である。気を抑え、平静な表情に戻った司馬承禎に、女神が飛びかかる。彼の腕前では、秘術をもってしても女神を抑えることは厳しい。

(魏夫人に殺気がない以上、必死で受ければ五分に持っていくことはできるか……。仕方ない。しばらく遊んでいくしかあるまいな)

楽しげに打ち込んでくる女神の剣に、司馬承禎は仕方なく抜き合わせた。

王弁は手詰まりに陥っていた。

こういう時に役に立つのは薬師《くすし》の技ではあるが、欲しい情報はなかなか入ってこない。しかし、とある一軒の商家で腰痛《ようつう》の主人に温灸《おんきゅう》を施した後、茶をすすりながら世間話に興じていたときのことである。話題は当然市から姿を消した娘の話になった。

「ああ、あの歌姫ね。私も好きなんですが、あの子が来ると私も含めて全員仕事が止まっちまいまして、痛し痒《かゆ》しなんですよ」

旅人と商人では当然感慨も違う。

「いや、私だってあの歌を聴けないのかと思うと身もだえするような気にもなるのですが、商売している者にとっては、このままどこかへ行ってくれた方がいいとも思うんですな。複雑なものです」

がっちりした顎《あご》のあたりを指でかくと、照れくさそうに主《あるじ》は笑った。

「なるほど……。じゃあご主人もあの娘がどこから来てどこに行ったのか、ご存じないと」

「ですなあ。店の者もみんな知りたがってはいるようですが。なに、こういうのはやり病と同じで、去ってみれば忘れてしまうものですよ」

「でも、忘れてしまうには惜しい気がしますね」

王弁の言葉に、

「実はそうなんで私も困ってるんですな」

そこまで話して主ははっと大事なことを思い出したように、王弁の肩に手を置いた。

「先生、このあとまだお時間大丈夫ですか」

「え、ええ。どうされました」

いきなり表情の変わった主人に気圧《けお》されながら王弁は訊《たず》ねる。

「いえ、私の友人が困っておりまして」

と連れてこられたのは刺史の館《やかた》であった。

「あ、あんまり偉い人じゃないですよね」

位の高い官僚は苦手である。良い思い出もない。

「偉くはないですが、気のいい男ですよ」

城内の厩舎《きゅうしゃ》脇《わき》に建つ住居では、零陵刺史の厩番《うまやばん》を勤める男の娘が、ひどい腹風邪に苦しんでいた。

「娘が腹を下しておりまして、医者に処方してもらった薬も効きません。このままでは死を待つばかりでございます」

秣《まぐさ》の匂《にお》いを身にまとった男は、すがりつかんばかりに王弁に懇願する。彼は早速、通された寝室で体を折るようにして苦しんでいる娘を診た。

（この症状、俺がかかっていたものと同じだ……）

普通の腹下しの薬が効かず、熱もある。王弁は僕僕に飲まされた薬の味を思い出した。

（あれは柴胡湯《さいことう》だ。先生がこれで考えろって渡してくれた分があるから、まずはそれを飲ませて……）

王弁は懐《ふところ》をまさぐり、薬籠《やくろう》の中から僕僕からもらった薬の余りを取り出した。

「これを飲ませてあげてください」

柴胡湯とはいっても僕僕処方の特別版である。効果はてきめんであった。青い顔で臥《ふ》せっていた少女は半刻《はんとき》と経《た》たないうちに血色を回復し、父に向かって、

「おとう、おなかが空《す》いた」

と食事をせがんだのである。

父親の喜びようといったらなかった。身を王弁の前に投げ出し、なんでも致します、なんでも差し上げますと涙ながらに誓う。王弁が当座必要なものは唯《ただ》一つである。しかしその質問は、なんでもすると言った男を口ごもらせる類《たぐい》のものであった。

「な、なぜそのことを」

男の顔色がさっとあおざめた。

「へ？」

王弁も一瞬あっけにとられた。

「い、いくら娘の恩人のお願いと申しましても」

口ごもる厩番を見て、王弁は何とか平静を取り戻した。思わぬところで大魚がかかったのかもしれないとひそかに喜ぶ。

「もちろん、他言は致しません。ただこの歌が聴けないことで臥《ふ》せる人もでてきまして」

王弁はとっさにうそをついた。このような腹芸をするのは初めてで、どきどきと不必要に心臓が早く打つ。

「あなたなら身近な人の病が快癒《かいゆ》する喜びというものをわかってくださるかと」

厩番の男はじいっと考え込んだ。胸のあたりを汗が一筋流れていくのを感じながら、王弁はひやひやした時間を過ごす。

「わかりました。娘の命の恩人のおっしゃることだから申し上げますが……」

くれぐれも他言無用に、と声をひそめた厩番は、知っていることを話してくれた。全《すべ》て聞き終わり、王弁はふう、と大きなため息をついた。話し手の男は、娘が治った喜びと、秘密を打ち明けた後ろめたさで、そのため息に気付いた様子はなかった。

夕刻、王弁が宿に帰ると、僕僕は相変わらず静かな表情で杯に口をつけている。薄妃は衣《ころも》のほつれを繕っていた。

王弁は一部始終を師に語る。それを聞き終わると杯を置き、

「珍しい芸を披露してきたみたいだね」

くく、と仙人は笑った。

「まだどきどきしてます」

「慣れないことは体に悪い」

「つくづくそう思います。厩番の人がいい人でよかった」

僕僕が差し出した杯を受け取り、ぐっと飲み干す。

「キミはその男がなにより大事にしている娘を治療し、かつ絶妙なうそをついたからな。秘密を引き出す条件をうまく整えていた。あんな腹芸が出来るような男になっていたとは」

「たぶんたまたまだと思います」

「だね。ああいう芸は外すとどうしようもないが、それを怖がっていては核心にたどりつけないこともある」

「精進します」

三杯目の酒が、王弁から緊張を取り除いていった。

零陵を席巻《せっけん》した歌声の持ち主が姿を現さなくなって三日。街は不穏な空気に包まれ始めている。

「これはただではすまんな」

宿の窓から外を見ていた僕僕はつぶやく。

あちこちで喧嘩《けんか》や口論が起き、数日前の零陵とは明らかに雰囲気が異なっている。歌を聴いて晴れやかだった人々の顔はどこにもない。

「で、あの歌姫の所在はあんなところだったというわけか」

「ええ」

僕僕はふふん、と鼻で笑った。

「お偉いさんの考えそうなことだ」

歌姫の名前は韓娥《かんが》。多くの人に自分の歌を聞いてもらいたくて、各地を放浪しているのだという。零陵の刺史は、その声を独占しようと、彼女を夜半こっそり城へと連れ去ったのだとか。

「でもまだ続きがあるんです」

「ほう」

「その韓娥、刺史の前では歌うことを拒んでいるのだそうです。私が歌うのはみんなのためで、誰か一人のために歌うのは本意ではないと」

「ふむ。なかなかいい根性をしているではないか。気に入った」

僕僕の目がきらりと輝く。

「しかしあの刺史も狸《たぬき》だな。さらっておいて市に顔を出すとは。韓娥が出てこないときに市場にいれば、誰も疑わないという寸法だ」

席から立ち上がり、僕僕は部屋の中を歩き回る。

「助けますか？」

王弁は僕僕の表情がぐっと引き締まっているのを見て、少し緊張した。これもここ最近なかったことである。

「本人がみなのために歌いたいと言っているのに、かごの鳥になっているのはかわいそうな話だからな。よし、ボクはこれからちょっと助太刀を呼んでくる。ちょっと待っていろ」

そう言って雲を呼んだ僕僕は、あっという間に空へと消えていった。

四

僕僕が帰ってきたのは深更《しんこう》であった。

王弁を起こして雲に乗せると、薄妃には気を入れずに懐へとしまった。

「どこへ行ってたんです？」

「助太刀を呼びに行くって言っただろう」

「それはわかってますけど、助太刀って誰ですか」

「行けばわかる。キミも知っているやつだ。あまり気乗りはしないようだったが、そこを曲げてと頼んでいたから時間を食った」

ふわふわと音もなく雲は飛ぶ。街からは一切の灯りが消え、深沈と眠りについている。

雲はやがて刺史の居館へと近づく。ゆっくりではあるが、確実に豪奢《ごうしゃ》な建物へと距離を縮めていくうちに、王弁はいやな予感に襲われた。

「先生」

「なんだ」

不安を正直にぶつける。この高度では、壁を抜けることになる。壁抜けは、かつて長安で試みて痛い目にあった苦い経験があった。

「キミはもうこの雲にも乗れるじゃないか。信じろ」

「ですよね」

普通の人なら乗れないはずの彩雲《さいうん》に乗れるのだ。もう壁を通り抜けるだけの力がついていたって不思議ではない。

雲の先端が壁に吸い込まれるように消えていく。自分もその中へと思った瞬間である。激しい衝撃と共に、体がふわふわと重さを失ったように上のほうへと浮かび上がっていくような感覚に包まれた。

（なんだかお花畑が見える……）

と幸せな気分の王弁のつむじに鋭い痛みが走り、どこかへ釣り上げられたと思ったらどさりと落とされた。ふと気付くと、憮然《ぶぜん》とした師の顔が真正面にある。

「勝手にあの世に行くな。ばかもの」

「俺、どうしちゃったんですか」

「そろそろ自分の肉体くらいどうにかできるかと思っていたけど、まだ無理だったみたいだね」

いや悪い悪い、と僕僕は頭をかいた。

「……あの、そういうことは試す前に言ってくださいますか」

まだ揺れている頭をさすると、額にぷっくりとたんこぶが浮かび上がっているのに気付いた。

「ちょうどいい。助太刀の子たちもそれなら警戒心を薄めるだろう」

「へ？」

館の中に入ったから黙っていろと言われ、しぶしぶ口をつぐむ。僕僕と王弁を乗せた彩雲は地面を這《は》うように進み、紫陽花《あじさい》が植え込まれた脇で一旦《いったん》止まった。

「待たせてすまない」

僕僕が植え込みの中に声をかけると、二人の少年が顔を出した。暗闇《くらやみ》に目が慣れてきた王弁は、その二人を見て思わずあっと声を上げた。

「董虔くんと、雷さまじゃないか！」

「でかい声出すなって。でもまさかこんなすぐに、下界に下りて来るなんて思わなかったよ。なあ、董虔」

うんうん、と雷の砰《ぱん》が口にした言葉に嬉《うれ》しそうに頷《うなず》く少年の額からはかわいい角が生え、くちびるからは小さな牙《きば》がのぞいている。

「上の生活はどうだい？」

と王弁が訊《き》くと、ちょっとはにかんだように、楽しいよ、と少年は答える。

（角とか牙とかは気にならないんだ……。いや、当たり前か）

雷神の世界ではこれがないほうが変なのだ。王弁の血と砰の魂を分け与えられて雷に変化しようとしている少年は幸せそうである。

「さて、砰よ。韓娥が閉じ込められている部屋というのはどこかな」

「ああ、案内する。この前雲の上から、いやがる女の子が連れて行かれるのが見えたからな」

小柄な雷神がすたすたと先に行く。

「先生でもわからないんですか」

「癪《しゃく》に障《さわ》ることに妙な結界が張ってあってな。零陵にはあまりたちの良くない連中がいたらしい。今はそれだけの強い力の持ち主はいないようだが」

（先生でも見通せない結界を張れるやって……）

強大な力を持つ僕僕の知人である王方平《おうほうへい》、砰と董虔の仲を裂こうとした面縛《めんばく》の道士。どちらもあまり好きにはなれない類の男たちである。

「あの部屋だ」

鋭い爪《つめ》が生えた雷神の指が、屋敷の一角を指す。

「よし。さがっていろ」

一歩前に出た僕僕が、そっと手のひらを壁に押しあてる。ぶるん、と硬いはずの壁が震えたように見えた。やがて震えは激しくなり、壁の輪郭がぼやけた。

朧《おぼろ》に見える壁が細かく波打ちながら、小さな砂粒となって流れ落ちる。やがて、さらさらと壁の一部が崩れて丸い大きな穴が開いた。

それと同時に、何か塊のようなものが一同を包む。王弁たちが、その塊の正体が女性の泣く声であることに気付くまで、しばらく時間がかかった。僕僕以外全員が耳を押さえてうずくまる。

「落ち着け。ボクたちはキミを助けに来た」

王弁や砰たちが音の大波に吹き飛ばされてひっくり返っている中で、僕僕だけがあやすように少女の背中に手を当てた。

「たす、けに？」

ようやく泣き声が収まる。王弁たちも立ち上がり、おそるおそる閉じ込められていた少女に近づいた。

「ボクたちがキミを助けに来たのは、もう一度歌って欲しいからだ」

「でも、でも」

とまたぐずぐずと泣き出す。

市で歌っているときの、背筋をぴっと伸ばした凛《りん》とした少女と同一人物とは到底思えないような、か弱い印象を王弁は抱いた。

「あの琴がないとお歌がうたえないの。琴は刺史さまに取り上げられてしまったの。琴がないとわたしの声は響かないの」

これまた歌声とは対照的な舌足らずな話し方と声である。

ぽろぽろと流れる涙を拭《ふ》いてやりながら、僕僕がその耳もとで、

「大丈夫。ボクたちがキミの琴になろう」

とささやいた。

僕僕は薄妃を懐《ふところ》から取り出すと、優雅な指使いで広げていく。みるみる大きさを増

した娘は一辺三丈にもなる薄く大きな布のようになった。

それを丸めて筒にすると、自らの艶《つや》めく長い髪を数本抜き取り王弁に手渡す。

「弁、これを砰の腕に巻きつけてやってくれ」

意味がわからないまま、王弁は言われたとおりにする。

「砰。薄妃の裾《すそ》のあたりをつかんでくれ。優しくな。それからほんの少しだけいかずちを発してくれ。できるか」

「やってみる」

雷神の周囲に小さな雷光が走る。すると上空からくしゃんくしゃんと連発でくしゃみが降ってきた。

「強すぎる。砰、もっと弱く。ほとんどないところから、ほんの少しだけ」

難しいなと言いながら、砰は真剣である。董虔が友の腕に手を添えて励ましていた。

やがて、どこからかぶうんとなにかが震えるような小さな音が聞こえてくる。

「よし、上出来だ。韓娥、次はキミの番だよ」

「わたしの？」

「そうだ。小さな声でいい。歌ってごらん」

韓娥は琴が手もとにないことがつらいとまた泣いた。

「キミの歌は人に聴かれてこそ幸せなんだろ？」

こくり、と少女が頷く。

「ではキミが届けたいと思う気持ちを、歌に乗せて欲しいんだ。歌うことで得た喜びを。歌が届けられなくなった悲しみを、ボクたちと零陵のみんなに教えて欲しい」

とんとんと拍子をとるように、僕僕の右手が優しく韓娥の背中を叩《たた》く。左手は砰の背中に添えられたままである。しばらく深い呼吸を繰り返した少女は、やがて小さな声で歌いだした。

王弁にすら聞こえない、弱々しい歌声である。それが波となって薄妃の筒に共鳴し始めた。

「哀しいけれど、いい歌だね。こんな近くで聴けるボクたちは幸せ者だ」

僕僕はにこっと笑って誉《ほ》めた。

声量がぐっと増す。その声が僕僕の体、砰の体、そして僕僕の髪を通して薄妃の筒の中にみなぎった。

いま自分がどこにいて、なにを思って、なにを望んでいるのか。切ない旋律と可憐《かれん》な歌声に乗って零陵城内に響き渡る。城内にいる全《すべ》ての人のもとに、歌声は届いた。

決して長い歌ではない。しかし少女の悲しさとやるせなさが、王弁の胸を突き刺して、彼は思わず涙ぐんでいた。

歌が終わる。僕僕は労《ねぎら》うように、その背中を優しく撫《な》でていた。

「よし、よし、よく頑張ったな」

「……わたしの歌は皆さんに届いたでしょうか」

「間違いない。キミは再び人々の前で歌うことができるようになるだろう。それまではおとなしく待っているといい」

ようやく異変に気付いた刺史の館が騒がしくなる。僕僕は砕たちを空に帰し、薄妃を素早く折りたたんで懐に入れると、雲を呼んだ。

「あとは韓娥の歌声が解決してくれる」

そう言って微笑《ほほえ》むと、王弁を雲の上に引っ張り上げて刺史の館を飛び去った。

五

「う、腕をあげたわね、司馬承禎」

女神がよろめけば、

「の、飲んだくれの女神には負けませんよ。鍛えてますからな」

道士は剣を杖《つえ》にしてふらふらと倒れかける。

「肉体の鍛錬も侮《あなど》れないってこと？」

「そういうことです」

お遊びのつもりが真剣になってしまい、五嶽の女神と皇帝お気に入りの道士は止めどころを失していた。二人はもう三日三晩、剣を合わせ続けている。

「ところで訊くけど」

「何ですか」

激しく切り結びながら、この全力のおふざけの発端を魏夫人は訊《たず》ねる。

「あなたに荒《すさ》んだ理由を訊いたら、つっかけてきたんじゃないですか」

「そうだっけ？」

女神の剣先が、司馬承禎の鬢《びん》を何本か切り飛ばした。

「酒精は女神の知性すら溶かすのですかな」

疲れを隠して応戦する司馬承禎も、自らの心身が限界に来ていることを悟る。

しかし魏夫人はそこにつけこむようなことはせず、宝剣をほうり投げて、ずたずたになった客間に座り込んだ。

「……寂しかったのよ」

はあ、とため息をつく。

「ほらこうやって目いっぱい遊んだり酔っていないと、静か過ぎるの」

司馬承禎には、その感覚がわからない。どう感覚を働かせても、衡山は彼の知っている衡山のままなのである。

「お話し、下さるのですね」

頷いた魏夫人は、ぽつりぽつりと事情を話し出した。

ことの発端は五百年前、西王母《せいおうぼ》の娘の一人で、魏夫人の親しい友人である雲華《うんか》夫人が衡山を訪れた際、一羽の小鳥を置いていったことだという。

「もう本当にいい声で鳴く杜鵑《ほととぎす》でね。誰にもその姿を見せず、誰にもその歌声を聴かせず、わたし一人の楽しみとしてそれは大事にしていたの。どんなことがあっても、その声を聴けば心を癒《いや》されていたわ」

その杜鵑と魏夫人の関係は、永遠に続くと思われた。

「それがつい数年前、蓬萊《ほうらい》から一人の客が来てね。面を覆《おお》ってて誰だか良くわからないんだけど、蓬萊にも面識のないのはいくらでもいるし、かなりの力量を持った仙人だったから、それなりに歓待してあげていたのよ。するとわたしの杜鵑を見たいって言い出してね」

雲華夫人と自分のほか、限られた神仙しか知らないはずの小鳥を知っていると言われれば出さないわけにはいかない。彼女はしぶしぶその小鳥を面縛の道士に見せた。

「するとその男が杜鵑を逃がしてしまった、と……」

「ご明察。ちょっと席を外している隙《すき》にね。あれだけの歌声は世界のために使うべきではありませんか、なんてぬかすから激怒したわよ。でもわたしがとっちめる前に姿を消してしまったんだからかなりの遣い手ね。蓬萊の知り合いに問い合わせても手がかりもないし、あの子の行方もわからないし、荒れ放題荒れてたってわけ」

司馬承禎は考え込んだ。小鳥の件はともかくとして、どうにも気になるのは面縛の道士である。長沙《ちょうさ》での大雨の一件は、不空《ふくう》から聞いて知っている。

(妙な流れだな)

胸騒ぎの中で、とりあえずは女神の心をなぐさめることが先決だ、と酒壺《さかつぼ》を取り出した。

魏夫人は約束どおり、起こったことを話してくれた。話してくれたからには酒でもてなすこともまた、約束なのである。

城内の住民が待ち望んでいた韓娥の歌声は、零陵城内から消えることはなかった。

歌姫の無念と切なさは城内の官民の耳に残り続け、仕事に対するやる気も、食欲ですら人々から奪ってしまっている。

「先生、人が集まりだしています……」

「うん。歌姫と人々の歌声が普通なら動かせないはずのものを動かそうとしている」

商人も職人も、そして官吏ですら刺史の館の前に集まり始めていた。歌を繰り返し聴いているうちに、その歌の主がどこにいるのかを皆が理解したのである。

「誰かひとりのためではなく、皆のために歌いたい。自分ひとりのためではなく、皆のために歌いたい。歌い手の気持ちと、その歌を待つ多くの人間の気持ちが門を開く」

僕僕と王弁は、彩雲に乗ってその様子を眺めている。

王弁は不安だった。刺史が、手中の玉を失うくらいだったら砕いてしまおうと思わないか、それが心配だったのである。

「あの子の声を独占しようなどと考えるばかな刺史なら当然そういうことも考えるだろう。しかし零陵ほどの大都市を任される人間は最後の一線でそこまで愚かだとも思えない。ま、希望的観測だけどね」

とはいうものの、僕僕には自信があるように王弁には思えた。

刺史の居館の門前に集まった群衆の中から、歌声が響き始めた。韓娥の歌に和して、それは徐々にその輪を広げていく。

哀《かな》しみの歌は大合唱となって、零陵の城内を圧した。その歌声の圧力に押されたように、刺史の館の大きな扉が音を立てて開く。

「ほう、刺史がじきじきに出てきたな」

正装した零陵城主が一人で門の外側に出てきた。

門が開くにつれて、城内に残っていた哀しみの歌の音量が小さくなる。門内には赤い幔幕《まんまく》が張られ、内部は見えないように隠されていた。

刺史は門から一歩出て群衆を見渡し、さっと右手を上げた。一瞬、緊張感が走る。

数人の市民が石を拾うのが雲の上からも見えた。

王弁の背中に冷や汗が流れる。血なまぐさいことにならなければいい、と祈るような気持ちである。横目で僕僕を見ても、表情に変化はない。

刺史の右手がさっと下ろされて幕が落ちると、そこには城内の士民が待ち望んだ姿があった。相棒の小さな琴を小脇《こわき》に抱え、刺史の礼を受けて前に進み出る。

歌姫は琴を地面に優しく置き、人々の顔を笑顔で見渡した。無伴奏で始まった歌は、喜びの詠唱である。

檻《おり》から出た喜びを。自分を待ち望む人々に再会できた喜びを。そしてまた歌える幸せを歌う。歓喜の歌は聴衆の心を浮き立たせ、やがて地を踏み鳴らす足音が歌声を包み込んでいく。

彼女は歌う。零陵の兄弟たちとだけでなく、他の城市でも歌いたいと。天下に自らの歌声を知らしめたいと。

聴衆も歌で返す。行かずしてここに残って欲しいと。

韓娥は諭す。自分の歌が歌い継がれる限り、またここに帰ってくることを約束する。かつて恩人が狭いかごから自分を解き放ってくれたように、また私を大空に羽ばたかせて欲しいと。

聴衆は求める。されば君の歌をわれらに授けよと。

刺史が韓娥の声に合わせて、自ら琴を弾じはじめる。約束の歌が取り交わされ、歌い手と聴衆が一体となっていく。

僕僕はその光景を見て、ふう、と安堵《あんど》したように息をついた。

「あ、そうだ」

何かを思い出したように、僕僕は王弁を見上げた。

「どうしたんです？」

「キミに力のつく料理を作ってやろうとしてすっかり忘れていた。あの鼈《すっぽん》、どうしたかな。厨房《ちゅうぼう》に置いたところで歌につられて出てきてしまったから逃げられたかもしれない」

ぽりぽりと頭をかく。

「いいですよ。またの機会で」

すっと王弁の視界の隅をなにかが横切った。

「先生、王弁さん！」

薄妃が歌声に合わせて舞うように、空を飛んでいた。気の入った状態でも、動きを制御できるようになっていた。

「薄妃、見事だ！」

僕僕は手を打って喜ぶ。

「わたし、もう少ししたらあの人のところへ帰ることができるかも」

空を切り取るように宙返りをした薄妃の表情はきらきらと輝いていた。会いたい人のもとへ戻る希望を得たその笑顔を、王弁は心から美しいと思った。

「じゃあボクたちも行こうか。素晴らしい歌に見送られて旅立つのも悪くない」

王弁も自分の体に力が戻ったと感じていた。歌による力ではなくて、自らの体による回復である。ここで鼈など食べたらまた余計なところに力が入ってしまう。

「なんだ。えらく余裕だな」

穏やかな表情の王弁を見て、僕僕はあぐらをかいて雲に座っている弟子の膝《ひざ》に乗った。

「先生、一つだけお願いを聞いてくださいますか」

「ふふん。いいよ。なんでも言ってみるがいい。雷さまの一件では無理させすぎて、さすがに頑丈なキミも体調を崩してしまったからな。なにかご褒美《ほうび》をやろうと思っていたところだ」

僕僕は自分の額を弟子の額につけていたずらっぽく笑った。

「韓娥さんの歌、最後まで聴いていきませんか」

「そんなことでいいのか」

驚いたような顔をして額を離す。

「ええ」

このまま行ってしまうのは、ちょっと惜しいような気が王弁にはしていた。

「小さい願いだな」

「でも俺にはそれが一番嬉《うれ》しいことです」

「そっか」

少女は満足げに頷《うなず》くと、弟子の鎖骨に頭を預ける。

「キミがそうしたいと言うなら、もう少し聴いていようかな」

王弁はその豊かな黒髪に顔を埋める。僕僕はすっと体の力を抜いてくつろいだ。芳《かぐわ》しい杏《あんず》の香りと韓娥の歌声に全身を包まれて、王弁は幸せをかみしめる。その周囲を、薄妃が衣《ころも》をはためかせてくるりと飛んだ。

参考文献

『太平廣記』　(中華書局・一九六一)
『唐書　一〜四』　欧陽脩　(汲古書院・一九七〇)
『中国古典文学大系　第8巻「山海経」』　高馬三良訳　(平凡社・一九六九)
『隋唐道教思想史研究』　砂山稔　(平河出版社・一九九〇)
『中国の歴史　一〜七』　陳舜臣　(講談社文庫・一九九〇〜九一)
『道教の本』　(学習研究社・一九九三)
『雲笈七籤』　張君房編　(中華書局・二〇〇三)
『中国食物史』　篠田統　(柴田書店・一九七四)
『週刊朝日百科「世界の食べもの」』シリーズ　(朝日新聞社・一九八〇〜八三)

解説

夏川草介

やっと先生が帰ってきた。

二巻を手に取った時の、最初の感慨がそれである。

一巻では、のんべんだらりの王弁君とともに大陸中を駆け回り、人間のみならず天上の神々までも巻き込む大騒動を引き起こしておきながら、悠然と笑って姿を消したのが、稀代《きたい》の仙人、僕僕先生であった。尋常ならざる力の持ち主でありながら、外貌《がいぼう》は可愛《かわい》らしい少女であり、弟子の王弁君に対しては毒舌を吐くかと思えば、ふとした時に優しさを見せなくもない。そういう摑《つか》み所のない少女仙人と、無気力、気弱な一青年、王弁君の旅は、唐代の中国というバックグラウンドを得て、ファンタジックでありながら清涼な読後感を残してくれた。読者の誰もが読み終えたとき、二人との別れを心底惜しんだに違いない。

それから二年、続編として世に送り出されたのが、本作『薄妃の恋』である。

一巻は、王弁君のもとを去った僕僕先生が五年ぶりに帰還し、弟子を再び旅に連れ出すところで終わったが、二巻はまさにその瞬間からスタートする。僕僕先生は、五年の間にあったことなど一言も語らず、相も変わらず愛らしい容姿と辛辣《しんらつ》な舌頭をもって王弁君を振り回す。王弁君は王弁君で泣き言をこぼしつつも、師と同道できる幸せを嚙《か》みしめ、時に心を躍らせている。そんな二人のやり取りは、まったく歯がゆく、こそばゆく、微笑《ほほえ》ましい。この微笑ましい風景は、僕僕先生シリーズの最大の魅力の一つであり、もちろん『薄妃の恋』においても健在である。時にからかい、時にその身を案じつつも、微妙な距離感を保ち続ける僕僕先生と、一人勝手に妄想を逞《たくま》しくして、ことごとく心を読まれている王弁君。二人の間に流れる優しい時間に触れると、誰でも人知れず笑みをこぼしてしまうだろう。

また、二巻の大きな魅力は、数多《あまた》の新しい登場人物たちだ。表題にもなっている「薄妃」は、旅に加わる新たな道連れである。かなり奇抜な容姿の持ち主だが、心中に穏やかならざる葛藤《かっとう》を抱えつつも明るく振る舞う姿は、これまでとは異なる彩《いろど》りを旅に添えて興味深い。さらに骸《むくろ》のような僧侶《そうりょ》から、白い布で顔を覆《おお》った怪しげな道士まで現れて、物語はにわかに新展開の様相を見せ始める。特にこの覆面の道士の出現によって、本作は連作短編でありながら、その背後に通底する一つの大きなうねりを予感させ、長編小説のような読み応《ごた》えのある作品に仕上がっている。

仁木さんの著作を読むにつけ、まったく驚嘆するのは、多彩な登場人物たちと、それぞれをつなぐ豊かな空気感である。何万年も生きてきた怪しげな仙人と、無為徒食の一青年とを同時に描いて互いに隔絶がない。ないどころか、浮世離れした少女の声と、一介の純朴青年との間に、むしろ生き生きとした情感が立ち上がっている。旅の合間に登場する妖異《ようい》の類《たぐい》についても同様だ。亀《かめ》だかナマズだか判然しないすっぽんなまず？の珠鼈《しゅべつ》や、気難しい性格の雷神の少年など、いずれも突飛な風貌でありながらどこか人間臭い温かさを持っている。彼らを描く一行に触れるだけで、たちまち物語世界に包みこまれる感覚は、小説を愛する一読者として実に心地よい体験である。

私が初めて『僕僕先生』第一巻を手に取ったのは、今から三年ほど前のことだった。研修医期間も終えて数年が過ぎた、ある救急当直の夜だ。夜半にようやく患者が途切れて当直室に戻ってくると、誰が置いたのか、雑然とした本棚の中に当たり前のように並んでいたのが『僕僕先生』であった。『僕僕先生』、この魅力的な表題に惹《ひ》かれて、思わず手に取ったのが失敗であった。ただでさえ寝不足続きであるのに、このどうしようもなく愉快な一編に出会ったがために、貴重きわまりない睡眠時間をごっそり失うことになってしまったのだ。僕僕先生が王弁君を五色の雲にいざなって人々の前から姿を消した時には、私のわずかな睡眠時間も完全に消えていたのである。

奥付の著者紹介を眺め、第十八回日本ファンタジーノベル大賞の大賞作と知って納得した。また、著者が中国への留学経験があると知って二度納得した。異郷の地をこれほどさりげない筆致で、しかも揺るぎない世界観を持って描くには、その地の空気を吸い、水に触れていることは重要なことだと思う。僕僕先生を描く仁木さんの心のうちには、いつでも中原の、砂を含んだ乾いた風が吹いているに違いない。

いずれにしてもあの感動の夜以来、僕僕先生の続編を待ちわび、待ち焦《こ》がれ、ついに出会った時には、先述のごとく心の底から嘆息したのである。やっと先生が帰ってきた、と。

もちろん、ようやく手に入れた『薄妃の恋』を読むにあたって、当直の夜だけは避けたことは言うまでもない。

唐突ながら信州の、とあるカレー屋について記そうと思う。

僕僕先生の解説をするのに、なぜにカレー屋かと言うと、私と仁木さんを直接つなぐ唯一無二《ゆいいつむに》の赤い糸であるからだ。先に明確にしておくと、私と仁木さんには直接の面識はまったくない。一緒に仕事をしたこともなければ、会話も手紙のやり取りもない。大阪出身でありながら信州大学卒である、という奇怪な共通点だけが転がっている。そんな状況で、私を仁木さんのもとに力強く引き寄せてくれたのが、このカレー屋なのである。

日当たりのよい路地にさりげなく佇《たたず》む小さな店だが、味は格別である。特にグリーンカレーは、私が天下一と確信している逸品で、学生の頃から頻々と足を運んできたのだが、どうやら仁木さんも無類にこの店が好きらしく、自ら足しげく通うのみならず、連載小説『ＭＭＡＢｏｙｓ』にはカレー屋「メーサイ」の名で登場させていた。

そんな店の本棚には、ずらりと僕僕先生シリーズが並んでいる。ここの女主人が昔からの大ファンなのだ。最近では、私がグリーンカレーを食べるたびに、仁木さんの話を聞かせてくれるものだから、心持ちだけはすっかり旧知の仲になっている。もちろん心持ちだけであって、面識がないのは相変わらずだが、仁木さんご本人は、そんなことなどお構いなしに、大切なシリーズ作品の解説を、私に依頼してくださった。相当奇矯な人か、存外な風流人であるに違いない。いずれにしても光栄きわまる依頼であったし、何より、せっかくグリーンカレーが繋《つな》げてくれた縁であったから、二つ返事で応じたのである。人の縁とは、畢竟《ひっきょう》、不可思議の四字に尽きる。

ちなみに棚に並んだ僕僕先生シリーズは、現在、『薄妃の恋』に加えて、三巻『胡《こ》蝶《ちょう》の失《な》くし物』、四巻『さびしい女神』と、四冊を数えている。単行本でシリーズ四冊が並ぶと相応に迫力があるのだが、中身も外観に劣らない。二巻の巻末であるのに、三巻、四巻の内容を語るのは無粋の極みであるから触れないが、いささかの緊迫感すら含んだ新たな展開には、誰もが息を呑《の》むこと疑いない。無論、我らが僕僕先生と王弁君のいつものやり取りも健在である。文庫本の解説という紙面において記すには、甚だ不謹慎であるかもしれないが、続編は文庫化を待たずに手に取ることを強くお勧めする。

世界観が深まり登場人物が増えるに連れて、最近では私の周りにも僕僕先生ファンが増えてきた。ふと本屋に出かければ、そこかしこで平積みにされているし、医局の友人にも愛読者がいる。「大阪出身、信州大学、カレー屋」と不思議なキーワードを共有する私としては、これらの事柄がなぜだか自分のことのように嬉《うれ》しくなる。これもまた、縁というものの為《な》せる技かもしれない。

時にまったくどうでもよい話であるが、我が細君もまた熱烈な僕僕先生ファンである。彼女の一番のお気に入りは王弁君であり、仕事の最中に何事か壁にぶつかると、

「弁弁君もがんばっているんですから」と気まじめな顔をして自身を励ましている。「ベンベン君ではかわいそうではないか」と諭すと「大丈夫です。司馬《しば》先生だって気に入っている呼び名です」と、口調だけは確然たる様子だ。時には「弁弁君が好きではないんですか?」と問うてくるから、「嫌いではないが、やはり一番は僕僕先生だろう」と応じるとにわかに、ふふっと意味ありげな笑みを浮かべる。不気味なものを感じて見返せば、細君はしたり顔で「騙《だま》されていますね。僕僕先生は可愛い女の子なんかじゃありません。とんでもないお爺《じい》さんなんですよ」と、まるで自分が原作者のような自信に満ちた応答だ。当方はもちろん、そんな妄言を受け入れるわけにはいかないから、いかに僕僕先生が可憐《かれん》な乙女であるかを声高に論じるのだが、かかる議論の折りだけは、細君もなかなか強情である。

かくして我ら二人の宴席は毎度のように、「僕僕先生は少女であるか老人であるか」の論戦に費やされ、仁木さんの意図などお構いなしに勝手な「真相」を構築していく。無論、決着はつかない。酒杯を傾けながら、我ら二人がつぶやく結論はいつも同じである。すなわち、「先生のように、酒の尽きない酒壺《さかつぼ》が欲しいものだ」と。

（平成二十二年七月　内科医、作家）

この作品は二〇〇八年九月新潮社より刊行された。

薄《はく》妃《ひ》の恋《こい》

僕僕先生

新潮文庫　に－22－2

平成二十二年九月一日発行

著者　仁《に》木《き》英《ひで》之《ゆき》

発行者　佐藤隆信

発行所　株式会社 新潮社

郵便番号　一六二―八七一一
東京都新宿区矢来町七一
電話 編集部(〇三)三二六六―五四四〇
読者係(〇三)三二六六―五一一一
http://www.shinchosha.co.jp

価格はカバーに表示してあります。

乱丁・落丁本は、ご面倒ですが小社読者係宛ご送付ください。送料小社負担にてお取替えいたします。

印刷・大日本印刷株式会社　製本・加藤製本株式会社

ISBN978-4-10-137432-1　C0193